FVA

Hans Christoph Buch in der Frankfurter Verlagsanstalt

TOD IN HABANA, Erzählung
REISE UM DIE WELT IN ACHT NÄCHTEN, Roman
BARON SAMSTAG ODER DAS LEBEN NACH DEM TOD, Roman

Hans Christoph Buch

Baron Samstag
oder das Leben nach dem Tod

HANS CHRISTOPH BUCH

Baron Samstag

oder das Leben nach dem Tod

Roman

FRANKFURTER VERLAGSANSTALT

BILDBESCHREIBUNG

Im Zentrum des sechzig mal fünfundvierzig Zentimeter großen, nein kleinen Bildes des Malers und Voodoo-Priesters André Pierre steht der Totengott Baron Samedi alias Maître Lacroix: Nicht, wie in Haiti üblich, als androgyner Gott dargestellt mit breiten Hüften und dem Busen einer Frau, sondern als alter Mann mit gezwirbeltem Schnurrbart und buschigen Koteletten, der einen mit Voodoo-Symbolen bestickten Anzug im Stil des Fin de siècle trägt, dazu einen schwarzen Zylinder, auf den ein an eine Piratenflagge erinnernder Totenschädel mit gekreuzten Knochen gezeichnet ist. Statt der auf Hochglanz polierten Lackschuhe, in denen er sonst immer auftritt, ist Baron Samstag barfuß, um den Kontakt zur Erde nicht zu verlieren, aus der er wie Antaios seine Kraft bezieht, denn dort ruhen die Gebeine der Vorfahren, deren Totenruhe er durch Trommeln stört und die er mit Tanzschritten und rhythmischem Sprechgesang zum Leben erweckt. Vielleicht ist das der Grund, warum man vor Beginn einer Voodoo-Zeremonie den Boden des Tempels mit Friedhofserde bestreut, auf die der Laplace genannte Gehilfe des Priesters mit Maismehl geometrische Muster malt. Die Rede ist von einem als *manger morts* bezeichneten Ritual, das in der Nacht vor Allerheiligen in den Houmforts von Haiti gefeiert und vor den Blicken Unbefugter, nicht in die Mysterien Eingeweihter, abgeschirmt wird. Erst als der Lehmboden des Tempels mit an Freimaurersymbole erinnernden Ornamenten verziert war, genannt Vévés, begann die Zeremonie, bei der die Priesterin, in der Baron Samstag sich um Mitternacht inkarnierte, mich von einem Schlangenbiss heilte, der meinen Fußknöchel hatte anschwellen lassen auf die Größe einer Kokosnuss. Das ist jetzt dreißig Jahre her: Genau genommen war es keine Giftschlange, sondern ein Riesenblutegel, *haementeria ghilianii*, der sich in Französisch-Guyana, an der Wasserscheide zwischen Amazonas und Orinoko, an meiner Ferse festgesaugt hatte, als mein Mietwagen, ein altersschwacher Citroën, auf einer Dschungelpiste im Schlamm steckenblieb, und ich hatte keine Zeit, das wie ein Aal sich windende Tier genauer in Augenschein zu nehmen, bevor Raphaël, mein einheimischer Führer und Chauffeur, seine Gauloise oder Gitane auf ihm ausdrückte. Auf dem Rückflug von Cayenne nach Port-au-Prince entzündete sich der kreuzförmige Biss und tat höllisch weh, die Schuhe passten mir nicht mehr und ich bewegte mich mühselig humpelnd am Stock, bis die Priesterin, will sagen Baron Samstag, mit Friedhofserde und einer monotonen Litanei, von der ich nur die Hälfte verstand, meinen Fuß entgiftet und mich von den Folgen des Bisses kuriert hatte.

Auf dem eingangs erwähnten Bild hat Maître Lacroix alias Simon der Sargtischler das Kreuz geschultert, das er für die Hinrichtung Christi gezimmert und diesem abgenommen hat, als der Messias, durch Folter und Blutverlust geschwächt, auf dem nach Golgatha führenden Kalvarienweg unter der Last des Kreuzes zusammenbrach. Vielleicht ist Baron Samstag mit dem ewigen Juden identisch, der seit zweitausend Jahren Länder und Meere durchstreift, ohne leben oder sterben zu können: Ein Vorläufer des fliegenden Holländers, dem man in allen Häfen die Landung verwehrt, und ein Zombie im wahren Sinn des Wortes, denn es ist kein Zufall, dass die lebenden Toten wie die Boat People in Haiti beheimatet sind.

Zu Füßen, nein: unter den Fersen des Barons befindet sich ein mit Vévés verziertes Grab, auf dem eine Kerze brennt neben einem Kreuz mit der Inschrift HINRI, die auf Jesus von Nazareth, den König der Juden, ebenso verweist wie auf Henri Christophe, den König von Haiti, der im Norden der Insel von befreiten Sklaven, die er erneut versklavte, eine Festung errichten ließ, genannt La Citadelle, bei deren Bau zwanzigtausend Zwangsarbeiter ums Leben kamen. Hier schoss König Christophe, nach einem Schlaganfall gelähmt, sich, um seinem Sturz zuvorzukommen, eine goldene Kugel in den Mund, die ihm das Direktorium der Republik zusammen mit einer Pistole aus der Manufaktur von Versailles für seine historischen Verdienste verliehen hatte.

Beim Aufstieg nach Golgatha, ein hebräischer Ortsname, der Galgenberg oder Schädelstätte bedeutet, tritt Grande Brigitte, die Herrin der Friedhöfe, Baron Samstag entgegen – im Pantheon der Voodoo-Götter wird Grande Brigitte mit Maria Magdalena oder der Heiligen Veronika identifiziert. Sie trägt ein mit Voodoo-

Symbolen bestícktes Kleid und einen lila Turban auf dem Kopf, hält einen aus Perlen geflochtenen Rosenkranz in der linken und das Grabtuch der Veronika in der rechten Hand, ein Laken mit dem Abdruck des Kopfes eines bärtigen Mannes, ein Haupt voll Blut und Wunden, bei dem es sich um unseren Herrn und Heiland Jesus Christus handeln soll: Aus der Dornenkrone rinnen mit Essig vermischte Blutstropfen, die das Leintuch aufgesogen hat. Für den Fall, dass Baron Samedi den Weg nicht freimachen will, hat Grande Brigitte ihren Cousin Zaca mitgebracht, den Geist der Erde und der Landwirtschaft: Er ist barfuß und hat, wie die Tontons Macoutes genannten Schergen des Diktators Papa Doc, eine Trommel und eine Machete umgeschnallt. Doch es ist nicht ganz klar, ob sie Baron Samstag zur Umkehr bewegen kann, indem sie ihm das Grabtuch entgegenstreckt, oder ob Grande Brigitte, alias La Reine, auf dem Weg nach Golgatha ein Wunder bewirkt, indem sie Jesus Christus noch vor dessen Kreuzestod aus dem Totenreich auferstehen lässt. Diese Frage könnte nur der Maler und Voodoo-Priester André Pierre beantworten, der nach Fertigstellung des Gemäldes, das er mir zu treuen Händen übergab, das Zeitliche gesegnet und die Antwort mit ins Grab genommen hat.

ERSTES BUCH

GOTT IN FRANKREICH

»... er entschuldigte seine Unbeständigkeit in einer Sache damit, dass er in einer anderen sehr beharrlich war ...«
(Henry James)

1

Fünfzig Jahre, fünf Monate und fünf Tage nach seinem Aufenthalt in La Sainte Baume kehrte H. C. Buch an die Stätten seiner Jugend zurück – ohne zu wissen, warum. War es das Novemberwetter, der Tunnelblick auf immer kürzer und dunkler werdende Tage, der ihm das auf einer Hochebene gelegene Kloster als Stern von Bethlehem erscheinen ließ, von dem er sich Rettung erhoffte – Rettung von wem oder was? Die Hotellerie des Klosters, das er im Internet anklickte, hatte keinen Stern: La Sainte Baume war ein Hotel ohne Stern, eine Herberge, besser gesagt, mit brettharten Betten und Zimmern ohne Bad; das Fehlen von heißem Wasser wurde durch Wein wettgemacht – Rotwein und Rosé waren im Zimmerpreis inbegriffen. Das war schon vor fünfzig Jahren so: Nicht nur die Mönche, auch die Gäste des Klosters bekamen zu den Mahlzeiten mit Wasser verdünnten Wein vorgesetzt.

»Sie haben dich zum Alkoholiker gemacht«, sagte Buchs Ex-Frau, eine Ex-Feministin, mit der er sich seit der Scheidung wieder besser verstand: Mit *sie* meinte sie die französischen Katholiken. »Wie hieß der Orden doch gleich? – Dominikaner«, fuhr sie nach einer Denkpause fort, in der sie vor dem Schlafzimmerspiegel ihre Frisur ordnete – *auftuffen* nannte sie das. »Die Jesuiten waren fürs Geistige zuständig, und die Dominikaner erledigten die Dreckarbeit: Ketzerverfolgung, Hexenprozesse, Inquisition. Man hat dich betrunken gemacht und sexuell missbraucht. Kein Wunder, dass du dich an nichts mehr erinnern kannst!«

Ende der fünfziger Jahre, als das Bonner Auswärtige Amt seinen Vater nach Marseille versetzte, hatte der ihn ins Kloster La Sainte Baume geschickt. Dort hatte Buch unter Anleitung eines Dominikanermönchs unregelmäßige Verben gepaukt, die er heute noch auswendig konnte – einschließlich *subjonctif*, *imparfait*, *passé simple* und *futur antérieur*. In seiner Erinnerung waren die Wochen auf der mit Felstrümmern übersäten Hochebene eine glückliche Zeit, überwölbt von einem strahlend blauen Himmel, durchzogen vom bittersüßen Duft von Pinienharz, Lavendel und Thymian, und er erinnerte sich nicht daran, sexuell belästigt oder missbraucht worden zu sein. Aber der Erinnerung ist nicht zu trauen, sein Gedächtnis war ein breitmaschiges Netz, in dem nur das Gröbste hängen blieb, bis zur Unkenntlichkeit entstellt und verformt wie von einer Schrottpresse, die Limousinen auf das Format von Postpaketen zusammendrückt – selbst forensische Experten können die im Kofferraum versteckte Leiche nicht finden. Vielleicht hatte Buchs Ex-Frau doch recht gehabt. Judith hatte Jura und Psychoanalyse studiert und hielt seine partielle Amnesie für die Spätfolge eines Kindheitstraumas: Unzucht mit Abhängigen sei an der Tagesordnung gewesen in Priesterseminaren und Klosterschulen; erst kürzlich habe sich der Papst im Namen der Kirche für sexuellen Missbrauch entschuldigt – ob ihm das nicht zu denken gebe, sagte Judith, kniff das rechte Auge zusammen und zog den linken Lidschatten nach.

Ausschlaggebend für seine Rückkehr nach La Sainte Baume war nicht der Wunsch nach Aufarbeitung der angeblich dunklen Vergangenheit, die ihm im Rückblick von blendendem Licht durchflutet schien, sondern etwas anderes. Die Temperatur entspreche der Jahreszeit, teilte man ihm auf Anfrage mit: Morgens sei es empfindlich kalt, doch tagsüber scheine die Sonne, und nachts würden die Zimmer beheizt. Die Zentralheizung sei die einzige Neuerung in dem unter Denkmalschutz stehenden Gebäude, und er würde das Kloster so vorfinden, wie er es vor fünfzig Jahren verlassen hatte, schrieb der an der Rezeption Dienst tuende Mönch, der seine E-Mail mit »salutations fraternelles« unterzeichnete: Eine Grußformel, die Buchs Herz erwärmte und ihn zur Reise nach La Sainte Baume bewog.

2

H. C. Buch war kein religiöser Mensch, er war ungläubig wie viele Angehörige seiner Generation, die bei dem Wort Ostern nicht an die Kreuzigung Christi dachten, sondern an Protestmärsche gegen den Atomkrieg. Evangelisch getauft und konfirmiert, war er aus der Kirche ausgetreten aus Empörung über einen Pfarrer, den er auf einer Delegationsreise nach Moskau begleitet hatte – für Frieden und Entspannung, wie es damals hieß. Statt in der UdSSR verbotener Bibeln hatte der Entspannungspfarrer Strumpfhosen im Gepäck, mit denen er seine Moskauer Geliebte bei der Stange hielt – hier stimmte die Redensart; dass der KGB den Kuppler spielte, verstand sich von selbst. Der Entspannungspfarrer ließ durchblicken, er habe von Marx und Lenin mehr gelernt als aus dem Marcus-, Lukas- oder Johannes-Evangelium. Und als H. C. Buch »Ihr seid das Salz der Erde« ins Gästebuch eines Höhlenklosters schrieb, warf er ihm vor, die sowjetischen Gastgeber mit friedensfeindlichen Parolen zu provozieren.

Aber es gab auch Gegenbeispiele wie den Erzbischof von Monrovia, Michael Francis, der ein Programm zur Enttraumatisierung minderjähriger Mörder ins Leben gerufen hatte: Damit waren Kindersoldaten gemeint: Von Warlords zwangsrekrutiert, hatten sie Gräueltaten begangen, die ihnen die Rückkehr ins Zivilleben verbauten – von Folter und Vergewaltigung bis zum Kannibalismus.

Die Enttraumatisierung vollzog sich in drei Phasen: Entwaffnung, Verzeihung und Rehabilitierung. Hinterher wurden die ehemaligen Kindersoldaten von der Dorfgemeinschaft verprügelt - auf eigenen Wunsch, wie Michael Francis betonte, der in Turnschuhen und T-Shirt eher einem Laienprediger ähnelte als einem Erzbischof. Buch hatte ihn gefragt, wie er reagieren würde, wenn Rebel King, ein entlaufener Missionsschüler, der zwei italienische Nonnen sadistisch zu Tode gequält hatte, die verdiente Strafe ereilen würde: »Ich hätte kein Mitleid mit ihm, aber ich würde beten für Rebel Kings Seelenheil!«

Oder Fra Angelo - hieß er wirklich so? - ein Salesianer-Pater aus Rom, der seine von Moslemrebellen zerstörte Kirche in Rumbek, Südsudan, allein wiederaufgebaut und mit Fresken ausgemalt hatte, auf denen Johannes der Täufer, umschwärmt von Heuschrecken, in der Wüste zu sehen war. Als Farbe diente ihm rotbraune Erde, die er mit bloßen Händen auf die weißen Wände auftrug. Fra Angelo kochte Spaghetti auf einem Gaskocher - ohne Soße, weil es auf dem Markt von Rumbek kein Tomatenmark gab, und sagte, lieber würde er den Märtyrertod sterben, als sein Gotteshaus den Rebellen zu überlassen. Die Kirchenleitung hatte ihn nach Rom zurückbeordert, aber Fra Angelo ignorierte den Befehl und blieb gegen den Willen seiner Vorgesetzten im Sudan.

Buch hätte nicht zu sagen gewusst, warum ihn das Beispiel dieser Priester beeindruckte, die christliche Werte nicht bloß gepredigt, sondern gelebt hatten.

Trotzdem hatte er es nie bereut, dass er aus der Kirche ausgetreten war – nicht, um Steuern zu sparen, sondern weil er die Mehrzahl der Protestanten für saft- und kraftlose Gutmenschen hielt, deren salbungsvolle Reden von Frieden und Umweltschutz nur zur Beruhigung ihres schlechten Gewissens dienten: Selbstgerechte Pharisäer, die mit Luther nur noch der Buchstabe verband, nicht der Geist, und die statt Bach'scher Choräle kitschige Bluesweisen sangen – Pseudo-Jazz aus zweiter und dritter Hand.

Demgegenüber hatte er von seinem verstorbenen Vater, der mit zweitem Vornamen Maria hieß und gegen seinen Willen evangelisch erzogen und konfirmiert worden war, eine stille Liebe zur katholischen Kirche geerbt, wahrte aber trotzdem – oder gerade deshalb – eine heilsame Distanz.

3

Die Straße nach La Sainte Baume führte in Serpentinen bergan, höher und immer höher hinauf. Er hatte vergessen, wie kurvenreich der Weg und wie einsam die Gegend war – einzig eine Richtfunkantenne am Bergkamm und ein stillstehendes Windrad, bei dem es sich auch um ein Kruzifix handeln konnte, wiesen auf die Anwesenheit von Menschen hin. Nur einmal überholte er einen Radfahrer, der sich, tief über die Lenkstange gebeugt, abstrampelte, um die Steigung zu überwinden, nicht mit dem Mountain-Bike, sondern auf dem Rennrad: *Im Schweiße seines Angesichts* – hier passte die alttestamentarische Redensart. Buch dachte an Vater Vivie, genannt *Vélocio*, den Apostel der Radrennfahrer, an den eine Marmorplakette in La Sainte Baume erinnerte, gestiftet vom Marseiller Radsportverband am 11. September 1949: Ein geschichtsträchtiges Datum, wenn man sich klarmachte, was an diesem Tag sonst noch alles passieren würde, vom Militärputsch in Chile bis zum World Trade Center in New York. Ein mit Bauholz beladener Lastwagen bog um die Ecke, blendete auf und hupte, um entgegenkommende Fahrer zu warnen, und Buch stellte sich vor, wie Vater Vivie die Teilnehmer der Tour de France zum Christentum bekehrte, indem er den Radchampions Rosenkränze in die Hände drückte, obwohl Paul Vivie kein Priester, sondern Sportreporter gewesen war. 1949 hatte der Kalte Krieg begonnen, und in Buchs Phantasie wurde Vélocio zu einer Kreuzung aus Don Camillo und Peppone, eingeschreint ins Herz der Arbeiterklasse, wie es damals so schön hieß.

Einem Wegweiser folgend mit der Aufschrift DFCI, bog er von der Straße ab und parkte in einem windzerzausten Olivenhain. Er hatte keine Ahnung, was sich hinter der Abkürzung verbarg: Etwas wie RSVP oder VSOP – ein Glasfaserkabel oder eine Sprinkleranlage vielleicht? Er lief über einen mit Grillkohlen übersäten Picknickplatz und erleichterte sich am knorrigen Stamm einer Krüppeleiche. Lockeres Geröll rieselte den Berghang hinab, und Buch trat einen Schritt zurück: Vor ihm brach die Felskante abrupt ab, und zu seinen Füßen öffnete sich ein S-förmiges Tal, einmündend in eine sanft geschwungene Bucht. Die Sonne stand tief über dem Horizont, und trotz seines schlechten Gehörs drang der Verkehrslärm einer nicht sichtbaren Autobahn an sein Ohr. In der Tiefe des Tals flammten Lichter auf, vielleicht die Lichter von Aubagne, auf halbem Weg zwischen der Küste und dem Massiv von La Sainte-Baume. Erst jetzt begriff er, dass er auf den Ort herabblickte, an dem er die glücklichste Zeit seiner Jugend zugebracht hatte: Marseille.

4

H. C. Buch war mittelgroß und schlank; weil er schlecht hörte, hielt er den Kopf schräg geneigt, was seiner von Querfalten zerfurchten Stirn einen leidenden Ausdruck gab. Er sah aus wie ein Priester oder Soldat, ein Jesuit vielleicht. Doch der melancholische Zug um seinen Mund erinnerte eher an einen pensionierten Sheriff, dessen Hand zittert, weil er zu oft und zu tief ins Whisky-Glas schaut, statt auf der Main Street Banditen ins Visier zu nehmen.

»Du machst dich älter, als du bist«, hatte Judith zu ihm gesagt, während er die Sicherheitskontrolle am Flughafen durchschritt, in löchrigen Socken, eine Hand am Hosenbund, um das Rutschen der Hose zu verhindern, deren Gürtel zusammen mit Schuhen, Portemonnaie und Brieftasche in der Black Box verschwand. »Reiß dich zusammen – Kopf hoch!«

Der Zuspruch bewirkte Wunder, er straffte sich, ein Ruck ging durch seine Wirbelsäule, und er saß kerzengerade auf seinem Gangplatz, die aufgeschlagene Zeitung auf den Knien, während die Stewardess ihm einen Imbiss anbot, für den das Wort Sandwich zu hoch gegriffen war. »Tomatensaft mit Pfeffer und Salz wird nur noch in Flugzeugen serviert«, dachte Buch und zerteilte die Wochenendbeilage der Zeitung mit geübtem Griff, als handle es sich um ein erlegtes Wild.

Es war ein verspäteter Honeymoon, mit dem das Ex-Ehepaar den Jahrestag seiner Scheidung oder Hochzeit feierte: Erstere lag zehn, Letztere dreißig Jahre zurück. Mit einem ramponierten Auto waren sie von New York nach San Francisco gefahren und weiter bis Yucatán, wo der *Rambler* – so hieß der lädierte Gebrauchtwagen – den Geist aufgab. In Mérida hatte er das Autowrack stehengelassen, statt es nach Texas zurückzuschaffen, wie es der mexikanische Zoll verlangte, und zusammen mit Judith ein Flugzeug nach New Orleans bestiegen, wo sie im French Quarter eine vorgezogene Hochzeitsnacht feierten. Ursprünglich hatten sie in Gretna Green oder Las Vegas heiraten wollen, aber das gehört in ein anderes Kapitel dieser wie ein Flussdelta verzweigten Geschichte.

»Von all unseren Orangen ist die Nase am wichtigsten« – diesen bei der Zeitungslektüre entdeckten Druckfehler hatte er in sein Tagebuch notiert, weil er eine hinter den Wörtern verborgene, tiefere Wahrheit aufblitzen ließ. H. C. Buch war Karnevalskritiker von Beruf, vergleichender Karnevalsforscher genauer gesagt: Er verglich den Karneval in Rio de Janeiro, Trinidad, New Orleans und Port-au-Prince mit dem Kölner Karneval, der Mainzer Fastnacht, dem Fasching in München und der Basler Fasnacht – auch die Echternacher Springprozession und die römischen Saturnalien bezog er in seine Untersuchungen ein. Als Mitglied des Karnevalsvereins Narhalla hatte er, mit Turban oder Fez getarnt, Strichlisten angelegt, um die Zahl der Helau- und Alaaf-Rufe zu registrieren, ebenso wie den in Dezibel gemessenen Applaus, wenn ein Büttenredner einen Witz zum Besten gab. Buch hatte Kunstgeschichte und Romanistik studiert, dazu Slawistik im Nebenfach, und er hatte gelernt, Verbindungslinien zu ziehen zwischen der von Michail Bachtin analysierten Lachkultur der Renaissance und den Gottsuchern und Narren in Christo der russischen Literatur, von Rabelais bis Gogol, Dostojewski und Tolstoj.

Seine Monographie über Jazz als Schauspiel ohne Rampe, das die Trennung zwischen Bühne und Publikum überwand, war in mehrere Sprachen übersetzt worden: Demnach war die Jazzmusik Ausdruck eines karnevalistischen Weltempfindens, das nicht nur die Hierarchie der Gesellschaft durcheinanderwirbelte, sondern auch die Dogmen der Religion, einschließlich des Glaubens an ein Leben nach dem Tod, vom Kopf auf die Füße stellte. Und seine Charakterisierung der chinesischen Kulturrevolution als blutiger Karneval hatte ihm eine Einladung nach Hongkong verschafft.

In Wahrheit hatte ihn das närrische Treiben nie interessiert, und Buch wusste selbst nicht mehr, was er gemeint hatte mit dem zum geflügelten Wort gewordenen Satz, von der Elferratssitzung zur Schwarzen Messe sei es nur ein Katzensprung, die Grätsche eines Liliputaners - oder musste es Blutgrätsche heißen? Der verordnete Frohsinn in den Hochburgen des Karnevals - schon das Wort *Hochburg* war eine Peinlichkeit - das Trampeln, Grölen und Schunkeln ließen ihn kalt, denn trotz der Kusshände, schlanken Beine und feschen Uniformen der Funkenmariechen hatte das, was an den tollen Tagen vom 11.11. um 11 Uhr 11 bis zum Aschermittwoch des folgenden Jahres geschah, mehr mit Alkohol als mit Sex zu tun: Die durch nackte Waden geweckte Begierde ertrank in Strömen von Billigsekt, und an die Stelle der erotischen Ausschweifung trat der Alkoholexzess.

5

Auf den ersten Blick wirkte das Kloster enttäuschend - Buch hatte es größer in Erinnerung. So wie die Helgebachstraße, in der er geboren und aufgewachsen war, ihm als Kind prächtiger vorgekommen war als die Fifth Avenue oder die Champs Elysées, konnte er das unscheinbare Gebäude nur schwer in Übereinstimmung bringen mit dem strahlenden Bild, das er in sich trug. Einzig die Marmortafel zum Gedenken an Vater Vivie, den Apostel der Radrennfahrer, war ihm vertraut, alles Übrige sah fremd und abweisend aus: Zwei mit Dachziegeln gedeckte, halbrunde Türme, verbunden durch einen Mittelgang mit Torbogen. Rechter Hand parkte ein Kastenwagen, links ein Schotterplatz, auf dem er das Mietauto abstellte im Schatten einer Feldsteinmauer, hinter der sein Französischlehrer begraben lag. Der Name des Mönchs war ihm entfallen: Hatte er Bruder Martin geheißen oder Pater Paul? War seine Kutte braun oder beige? War er in deutscher Kriegsgefangenschaft gewesen und hatte vom Gesang der Landser geschwärmt und vom Sprudelwasser, das ihm besser schmeckte als Vittel oder Perrier: »Il est bon, le sproudel!« Oder verwechselte er den Mönch mit Monsieur Henri, dem Kellner aus Sanary, der ihm Briefkuverts mit Mimosenblüten nach Berlin geschickt hatte, wo es seiner Ansicht nach das ganze Jahr über regnete? Buch nahm sich vor, der Sache auf den Grund zu gehen, und kritzelte *Monsieur Henri* in sein Notizbuch, während Judith vor der Pförtnerloge wartete, die nicht besetzt zu sein schien. ACCUEIL stand in Großbuchstaben über der Tür, an deren Klinke ein Pappschild hing mit der Aufforderung, sich zu gedulden. Irritierender als die geschlossene Rezeption war die auf einer Hinweistafel gegebene Information, dass La Sainte Baume, anders als Kloster Eberbach, wo *Der Name der Rose* gedreht worden war, nicht aus dem Mittelalter, sondern aus dem 19. Jahrhundert stammte. Nach der Christenverfolgung im Zuge der Französischen Revolution, las Buch kopfschüttelnd, hätten Trappistenmönche sich hier niedergelassen in einem als Bauernhof getarnten Kloster, das 1860 von Dominikanern übernommen worden sei, die das Gebäude renoviert und die von den Jakobinern zerstörte Grotte der Heiligen Magdalena restauriert hätten. Im Zweiten Weltkrieg hatte das zur Hotelschule umfunktionierte Kloster polnischen Nonnen und jüdischen Kindern Zuflucht gewährt, die auf diese Weise der Deportation entgingen – davon hatte Buch nichts gewusst.

Die Glocken läuteten. Es war sechs Uhr, Zeit für die Abendandacht. Er betrat die angrenzende Kapelle und kniete nieder – nicht um zu beten, das hatte er seit Jahrzehnten nicht mehr getan, sondern um die Kirchenbänke zu testen. Zu seinem Leidwesen waren sie nicht gepolstert. Er klopfte ans Fenster der Rezeption, hinter dem sich nichts regte. Die Pförtnerloge blieb dunkel, und er ging nach draußen, um das Gepäck aus dem Auto zu holen. Erst jetzt, als er den scharfkantigen Schotter unter den Schuhen fühlte – Kalksteine aus den Bergen, von Wind und Sonne zu grobem Geröll zerlegt – spürte Buch, dass er am Ziel der Reise angekommen war: Die Erinnerung hatte sich den Fußsohlen eingeprägt, sein Körper hatte ein präziseres Gedächtnis als sein Gehirn. Zum ersten Mal seit der Ankunft in La Sainte Baume hob er den Blick gen Himmel, zu dem von Nebel umhüllten Bergmassiv: Die Wolkendecke riss auf, und er sah die Grotte der Heiligen Magdalena mit der in den Fels gehauenen Kirche, hinter deren Fenster ein Licht aufflammte – oder war es der Schein der untergehenden Sonne, die sich in der Glasscheibe spiegelte?

6

H. C. Buch war ein Sünder, obwohl er, um keinen Punkt in der Flensburger Verkehrssünderkartei zu bekommen, jedes Bußgeld sofort überwies – eine moderne Form des Ablasshandels wie das Geschäft mit CO_2-Emissionen, das Martin Luther angeprangert hätte, wenn er heute leben würde. Buch besaß kein Kohle- oder Atomkraftwerk, keinen Regenwald und keine Rinderherde, die mit ihren Blähungen die Erdatmosphäre aufheizte; er zahlte pünktlich seine Steuern und trennte so sorgfältig seinen Müll, dass Judith ihn als Dr. Müll verspottete.

Buch war ein Meister der Sekundärtugenden, aber es gab keine Todsünde, von der er sich nicht vorstellen konnte, sie selbst begangen zu haben. Er steckte voll krimineller Energie: Ein notorischer Ehebrecher, Lügner und Dieb, vielleicht sogar ein Mörder, denn er hatte nicht nur falsch Zeugnis abgelegt und seines Nächsten Haus, Hof und Weib begehrt. Er hatte ein Menschenleben auf dem Gewissen und fragte sich, ob es sich um unterlassene Hilfeleistung gehandelt habe oder um Schlimmeres. Aber das war *history*, wie Winston Churchill zu sagen pflegte – oder war es Franklin D. Roosevelt?

Buch war sich sicher, dass das Böse kein Resultat seiner Umwelt oder Erziehung war, sondern in ihm rumorte wie die Dämonen, die Christus aus dem Leib der Maria Magdalena vertrieben hatte, als die Sünderin ihm die Füße wusch. So besehen, waren die Gemälde von Hieronymus Bosch, die er im Prado bewundert hatte, keine Visionen eines krankhaft genialen, überreizten Gehirns, sondern realistische Darstellungen der Wirklichkeit: Es genügte, Suchbegriffe wie *oral* oder *anal*, *Sado* oder *Fetisch* in den Computer einzugeben, um Bilderfolgen zu sehen, im Vergleich zu denen Hieronymus Bosch ein harmloser Chorknabe war: »Seine Hände griffen lauter Henkel, / und der Schatten schob sich auf wie Schenkel / warm und zu Umarmungen erwacht«, hatte Rilke geschrieben, der letzte deutsche Dichter, der noch religiöse Anfechtungen gekannt hatte und für den Christentum mehr bedeutete als ein leeres Wort.

»Du stehst da wie ein Fragezeichen«, sagte Judith und schob ihm eine Haarsträhne aus der Stirn. Er lud das Gepäck aus dem Kofferraum, und sie folgte ihm in respektvollem Abstand, mit Plastiktüten beladen wie eine türkische Ehefrau, während Buch die Fresken in Augenschein nahm, die er beim ersten Rundgang übersehen hatte: Jugendstilfresken, wie er mutmaßte, auf denen Maria Magdalena zum Zeichen ihrer Sündhaftigkeit mit rotem Haar dargestellt war, üppig gelockt und bestens geeignet, um dem Messias die Füße zu trocknen.

Er hörte ein dezentes Räuspern, und als er sich umdrehte, stand eine schwarz gekleidete Nonne in der Tür, die Judith und ihn aufforderte, das Gepäck im Vestibül abzustellen und ihr zu folgen. Sie sprach französisch mit hartem, spanisch klingendem Akzent, passend zu ihrem dunklen Teint, und als Buch fragte, ob sie aus Südamerika komme, murmelte sie *¿como no?* und nickte erfreut, wie ihm schien: »¡Soy de Barranquilla!« Es sei Essenszeit, fügte die Nonne hinzu und führte ihn durch einen gekachelten Flur zu einem gedeckten Tisch, auf dem Wasser, Wein und Brot bereitstanden. Die roten Keramikfliesen, die grünen Fensterläden, dazu die Tischdecke aus weißem Papier und der Geruch von Eau de Javel, einem in Südfrankreich gebräuchlichen Putzmittel – alles erinnerte Buch an seine Kindheit in der Provence, obwohl er nicht separiert, sondern zusammen mit den Mönchen im großen Speisesaal gegessen hatte – damals gab es noch keine Nonnen in La Sainte Baume. Die Kolumbianerin verschwand in der Küche und kehrte zurück mit einer dampfenden Terrine, aus der sie Suppe ausschenkte.

»Kressesuppe«, sagte Judith, und Buch goss Wein in ihr Glas, aber als er ihr zuprosten wollte, gebot die Schwester Oberin ihm Einhalt: Nicht die Nonne aus Kolumbien, sondern eine ältere, streng blickende Spanierin namens Sidonia, die an den Tisch getreten war und mit gefalteten Händen das Vaterunser sprach. Buch hatte das Beten verlernt, und bei dem Satz »Und vergib uns unsere Schuld/ wie auch wir vergeben unseren Schuldigern« verhedderte er sich. Doch das fiel niemandem auf, weil die Schwester Oberin nur gebrochen französisch sprach. Sie wünschte ihnen guten Appetit, und er nahm sich vor, den Text des Gebets im Computer zu checken. Oder war die Übersetzung von Martin Luther überholt, und Walter Jens hatte das Vaterunser verschlimmbessert und verkitscht?

7

H. C. Buch schlief traumlos und tief, ohne nachts zur Toilette zu müssen. So gut hatte er seit Wochen nicht mehr geschlafen, und körperliches Wohlbefinden, das mehr war als bloße Wellness, durchströmte ihn, als er den Fensterladen aufstieß und ins goldbraune Laub einer Eiche blickte, von der trockene Blätter rieselten, eingerahmt vom Fenstergeviert, mit Feldsteinen beschwerten Ziegeln und einer verzinkten Dachrinne, in der eine Dohle planschte. Dahinter gelbrot geflammte Wälder und das graue Massiv von La Sainte-Baume, angestrahlt vom Schein der Morgensonne, die den durch die Täler wabernden Nebel überwand. Buch kniete nieder und verrichtete seine Morgenandacht, bestehend aus Kniebeugen, deren Zahl er von dreißig auf vierzig steigerte – genau genommen kein Gottesdienst, sondern eine Leibesübung, die der Austreibung niederer Dämonen und damit seiner seelischen Gesundheit diente. Schwer atmend stellte er die Dusche von heiß auf kalt, während seine Ex-Frau eine Etage tiefer ihren Morgenkaffee trank. Anschließend würde Judith barfuß vor die Tür treten und im Lotussitz auf taufrischem Gras Yogaübungen machen, bei denen er sie nicht stören durfte.

Er verließ durch die Hinterpforte das Haus und streifte durch den Klostergarten. Das Wort *Ratzefummel* meldete sich zurück, während er die Namen auf windschiefen Kreuzen und verwitterten Grabstelen zu entziffern suchte, die halb eingesunken aus der bemoosten Erde ragten. *Ratzefummel* hatte sein Enkelsohn gerufen, als Buch ihm einen Vierfarbstift mit Radiergummi zum Geburtstag schenkte – dieses Wort hatte er seit einem halben Jahrhundert nicht mehr gehört. Die alles nivellierende Zeit hatte nicht nur die Namen von den Grabsteinen, sondern auch den Aufenthalt in La Sainte Baume aus seinem Gedächtnis radiert. *Ratzefummel* war der richtige Ausdruck dafür, ein Kindheitswort, das vergessene Erinnerungen heraufbeschwor, abgesunkenes Kulturgut wie der Film *Liane, das Mädchen aus dem Urwald*, dessen Hauptdarstellerin, Marion Michael, nur einen Lendenschurz trug – damals, Mitte der fünfziger Jahre, eine Sensation.

»Kann ich Ihnen helfen?«, sagte eine Frauenstimme aus dem Off, und als er sich aus seiner gebückten Stellung erhob, stand die kolumbianische Nonne hinter ihm.

»Ich suche das Grab meines Französischlehrers, aber ich habe vergessen, wie er hieß.« Sie sei erst seit kurzem hier, meinte die Nonne, und kenne die Geschichte des Klosters nicht. Französisch sei schwer zu lernen, da die Schreibweise nicht mit der Aussprache identisch sei. »In Frankreich heiße ich Schwester Magaly«, setzte sie auf Spanisch hinzu, »aber mein Taufname ist Magdalena, und ich bin nicht nach der Heiligen benannt, sondern nach dem Fluss.«

»Wovon sprichst du«, fragte Buch, zum Du übergehend, wie es an der Karibikküste von Kolumbien üblich war.

»Vom Rio Magdalena. Und wie heißt du?«

»Cristóbal.« Er gab ihr die Hand.

»Qué lindo – como las caravelas! Und wie hältst du es mit der Religion?«

Buch deklamierte ein Gedicht, das er vor Jahren auswendig gelernt hatte und stets auf Abruf bereithielt – *by heart*, wie es im Englischen heißt:

»Ich bin der Weg, der Träger, Fürst und Zeuge,
der Freund, die Heimat und die Zufluchtsstätte,
Ursprung und Endziel und Bestand der Dinge,
bin der Behälter und der ewige Same.«

»Ich verstehe kein Wort!«

Magaly umklammerte mit beiden Händen seinen Arm und zog ihn zu sich heran, bis er ihren nach Kaffee duftenden Atem roch. Sie forderte ihn auf, ein lateinisches Glaubensbekenntnis nachzusprechen, das er nur zur Hälfte verstand: Ich glaube an ... geboren von der Jungfrau Maria ... auferstanden von den Toten ... sitzend zur Rechten Gottes ...

Er wollte sich losreißen, aber Magaly ließ nicht locker und hielt seinen Unterarm wie ein Schraubstock umspannt.

»Mir fehlt der Glaube!«

»Nein, du willst nicht!«

»Ich kann nicht!«

Erst jetzt gab Magaly ihren Bekehrungsversuch auf. Sie empfahl ihm, mit dem Prior des Klosters zu reden: Pater Bernard kenne die Geschichte von La Sainte Baume und könne ihn zu dem gesuchten Grab führen.

»Und wo finde ich den Pater?«

»In der Grotte der Heiligen Magdalena. Er meditiert dort oben und nimmt Pilgern die Beichte ab. Wenn Sie wollen« – Magaly ging zum Sie über – »nehme ich Sie auf dem Rücksitz meiner Vespa mit.«

»Wie bitte?«

»Sie haben richtig gehört. Mit dem Motorroller bringe ich Messwein auf den Berg. Der Fußweg wäre zu zeitraubend und zu beschwerlich.«

»Ich bin ein Vespa-Fan«, sagte Judith, die sich während des Gesprächs zu ihnen gesellt hatte. »Gilt Ihr Angebot auch für mich?«

Sie nahm auf dem Rücksitz des Motorrollers Platz und schlang die Arme um Magalys Schultern, enger als nötig, wie ihm schien. Die Nonne drehte den Zündschlüssel im Schloss, und die Vespa entfernte sich in einer Abgaswolke, der Buch kopfschüttelnd nachblickte: *In einem lecken Boot transportiere ich Wein über den*

Fluss – diesen Vers, dunkel und vieldeutig wie die Fragmente der Vorsokratiker, hatte er vor Jahren bei einem chinesischen Dichter gelesen.

8

Der Körpergeruch der Nonne hatte ihn erregt, ein Amalgam aus Kernseife und Zahnpasta, in das sich ein anderes, typisch weibliches Aroma mischte, mit einem Finish von schwarzem Kaffee, und er dachte daran, wie er als Kind hatte nachsitzen müssen im Institut Louise Bottin am Stadtrand von Marseille: Nachsitzen war nicht das richtige Wort, denn die Direktorin, Madame Erlande, hatte ihm befohlen, ganz dicht an sie heranzutreten und den Anfang von Caesars *Gallischem Krieg* herunterzubeten, während sie, ohne von ihrem Teller hochzublicken, eine aufgeklappte Auster mit Zitronensaft beträufelte. *Gallia est omnis divisa in partes tres quarum unam incolunt Belgae aliam Aquitani tertiam qui in ipsorum lingua Celtae in nostra Galli appellantur*, deklamierte H. C. Buch mit starrem Blick auf Madame Erlandes Busen, der sich hob und senkte, während sie Austern schlürfte und der Salzgeruch des Meeres ihm in die Nase stieg, vermischt mit süßlichem Parfüm: Ein perverses Ritual, das sich regelmäßig wiederholte und nach dem er sich beschmutzt und missbraucht vorkam.

Verglichen damit war sein Sprachlehrer in La Sainte Baume ein Muster an diskreter Zurückhaltung: Bruder Paul, oder wie auch immer er hieß, war ihm nie zu nahe getreten, und das Einzige, was Buch gestört hatte, war sein saures Aufstoßen, verursacht durch übermäßigen Weinkonsum.

Es regnete in Strömen. Im Kaminzimmer sitzend, legte er Listen an, um die Vergangenheit zu rekonstruieren und sich Klarheit zu verschaffen über die Geschichte des Klosters und die Legende der Maria Magdalena, die er für frei erfunden hielt. Auf die linke Seite schrieb er Eckdaten seiner Jugend mit Titeln von Büchern, Filmen und Songs, die er Ende der fünfziger Jahre in Marseille gehört, gesehen oder gelesen hatte, ohne Punkt und Komma und ohne logischen Zusammenhang: HEARTBREAK HOTEL JAILHOUSE ROCK PEGGY SUE RIO BRAVO LE MONDE DU SILENCE ET DIEU CRÉA LA FEMME HIROSHIMA MON AMOUR DER GORILLA LÄSST SCHÖN GRÜSSEN DOKTOR SCHIWAGO BONJOUR TRISTESSE. In der linken Spalte vermerkte er Leben und Taten der Heiligen unter der Überschrift O SANCTA SIMPLICITAS: Demnach war Maria Magdalena die Schwester der Sidonia und des Lazarus, den Christus von den Toten auferweckt hatte. Sie hatte dem Messias die Füße gewaschen und, einer anderen Überlieferung zufolge, seinen Kopf gesalbt, hatte ihn am Kreuz sterben und aus dem Grab auferstehen sehen, und Christus hatte ihr aufgetragen, seinen Jüngern die frohe Botschaft zu überbringen, wodurch sie für Thomas von Aquin dreifach geheiligt war. Nach ihrer Vertreibung aus Judäa strandete Maria Magdalena in Sainte Marie de la Mer, bekehrte die Einwohner von Marseille und zog sich als

Eremitin in eine Höhle zurück, wo sie ein heiligmäßiges Leben führte – was immer das hieß. Auf Befehl Ludwigs des Frommen – andere sagen, auf Geheiß eines provenzalischen Fürsten namens Jean – wurden ihre sterblichen Überreste umgebettet in die Kathedrale von Saint Maximin, um sie vor plündernden Sarazenen zu schützen.

»Ich bin gläubiger Katholik, aber ich bin kein Idiot«, sagte Pater Bernard, der triefnass vor ihm saß. Wasser gluckste in seinen Gummistiefeln, und die Kapuze seines Anoraks war vom Regen durchweicht. Um seine elektronische Post zu lesen, war er mit der Vespa den Steilhang heruntergefahren, weil es in der Bergkapelle nur elektrisches Licht, aber keinen Internet-Anschluss gab. Währenddessen warteten Judith und Magaly im Schutz der Grotte das Ende der Sintflut ab. »Wir haben den Schädel der Heiligen mit der Radiokarbon-Methode datieren lassen, und Sie können sich vorstellen, wie froh ich war, dass er nicht von einem Mann ist und wirklich aus dem ersten Jahrhundert stammt!«

H. C. Buch dachte an den Totenkopf, den er in der Krypta von Saint Maximin gesehen hatte, schwarz verfärbt von Lippen und Fingerkuppen der Gläubigen, die ihn, um den Segen der Heiligen zu erflehen, geküsst und gestreichelt hatten.

»Sie schreiben Bücher über Haiti?« – »Woher wissen Sie das?«

»Ich habe es auf Ihrer Homepage gelesen.«

Pater Bernard hatte ein Priesterseminar in der Diözese Saint Marc auf Haiti geleitet, und Buch musste an Pater Ferdi denken, der mit richtigem Namen Philippi hieß. Der aus dem Saarland stammende Missionar hatte Arabisch und Hebräisch studiert, aber statt nach Haifa hatte die Kirchenleitung ihn nach Port-au-Prince entsandt. Das war 1957, kurz vor dem Machtantritt von Papa Doc, und weil niemand ihn am Hafen erwartete, war Pater Ferdi einer Prostituierten gefolgt, der er als Lohn für ihre Liebesdienste ein hölzernes Kruzifix schenkte. Er blieb 35 Jahre in Haiti, und als Buch ihn dort besuchte, bewirtete er ihn mit Erbsensuppe von Aldi und lud ihn ein, in seiner Kirche zu predigen, obwohl Buch Atheist war und nur gebrochen Kreolisch sprach. Nach der Messe verteilte der Pater Kondome an die Dorfbewohner mit den Worten: »Der liebe Gott hat nichts dagegen, und der Heilige Vater in Rom drückt ein Auge zu!«

»Ihr Französischlehrer hat kein gottgefälliges Leben geführt. Er mimte den Heiligen Franz von Assisi, bis herauskam, dass er sexuellen Missbrauch begangen hatte. Sie kennen die Vorwürfe ...« Buch schüttelte den Kopf. Er war doppelt desillusioniert: Dass niemand ihn sexuell missbraucht hatte und dass ihm die finanzielle Entschädigung entging, die das vom Papst eingesetzte Wiedergutmachungskomitee an Missbrauchsopfer bezahlte – ein herber Verlust.

»Bruder Martin schied auf eigenen Wunsch aus der Klostergemeinschaft aus«, sagte Pater Bernard. »Er erhängte sich im Seemannshospital von Marseille, wo hundert Jahre zuvor Arthur Rimbaud gestorben war.«

HAITI GIBT ES NICHT

»Bei meinem letzten Besuch in Port-au-Prince glich das Marsfeld, an dem der Palast des Präsidenten und die Regierungsgebäude liegen, einem Schlachtfeld, auf dem kurz vorher ein grausiges Gemetzel stattgefunden hatte.«
(W. B. Seabrook: *Geheimnisvolles Haiti*)

1

Das Totenhemd hat keine Taschen und: *Bist du ein Milchpilz, kommst du ins Körbchen.* Diese Redensarten hatte Buch in einer Sammlung russischer Sprichwörter gelesen, und dem kategorischen Imperativ gehorchend, schnürte er am Vorabend der Reise seinen Rucksack, der nur das Notwendigste enthielt, Zahnpasta und Zahnbürste, die er, den Vorschriften für Flugpassagiere entsprechend, in Zellophanhüllen steckte, zusammen mit Rasierklingen der Firma BIC und Pears-Transparent, der Lieblingsseife von Agent 007, alias James Bond, deren strenger Duft die Erinnerung an verschwitzte Bettlaken heraufbeschwor. Buchs Geruchssinn war zuverlässiger als sein Gedächtnis, die Synapsen seiner Nasenschleimhäute hatten Dutzende Duftnoten gespeichert, von Rattengift und Verwesungsgeruch bis zu *Je reviens*, Judiths Parfüm, obwohl sie diesmal, dessen war er sich sicher, nicht wiederkehren würde. Doch der Einfachheit halber erteilen wir ihm selbst das Wort.

Vor der Abreise nach Haiti besuchte ich meine Stammkneipe, aus deren Drehtür mir dichter Qualm entgegenschlug. Im ersten Augenblick glaubte ich an eine Feuersbrunst, und erst im Näherkommen wurde mir klar, dass es sich um Zigarettenrauch handelte. Torschlusspanik hatte die Raucher erfasst; seit dem vom Gesetzgeber erlassenen Rauchverbot wurde mehr geraucht als zuvor, und ich tastete mich durch nikotinhaltigen Nebel zur Theke, wo mein Freund Klemm, der nie ein Buch veröffentlicht hatte, trotzdem oder gerade deshalb aber als genialer Schriftsteller galt, in seinem Drink herumstocherte: einer Caipirinha oder Caipiroska, vielleicht war es auch ein Mojito, den er mit einem langstieligen Löffel quirlte, um Saft aus einer Limone zu pressen, den Arm um die Taille einer Blondine gelegt, die bewundernd zu ihm aufblickte. Ich sagte hallo, aber Klemm reagierte nicht, er schien geistesabwesend oder betrunken zu sein, und erst als ich ihn antippte, drehte er in Zeitlupe den Kopf und blies mir Rauch ins Gesicht, den ich mit wedelnden Fingern vertrieb, während Klemm, ohne meinen Gruß zu erwidern, an mir vorbei ins Leere starrte, als sei ich blauer Dunst. Ich nahm mir vor, nach der Rückkehr in meine Wohnung das Jackett an die Luft zu hängen, um den Gestank loszuwerden, der sich im Stoff festsetzte, doch dann erinnerte ich mich an die Sturmwarnung, die ich in einer von der Dresdner Bank gesponserten Wettermeldung gehört hatte: Das Sturmtief *Imogen* fegte über Mitteleuropa, riss Ziegel von den Dächern, warf Baugerüste um und schleuderte Blumentöpfe von den Balkonen. Gleichzeitig fiel mir ein, dass ich es versäumt hatte, meine Gelbfieberimpfung auffrischen zu lassen, oder handelte es sich um Denge-Fieber? Das Robert-Koch-Institut war sonntags geschlossen, und ich würde den Flug über den Atlantik ohne Impfpass antreten müssen, ein Gedanke, der mir früher schlaflose Nächte bereitet hätte, mich jetzt aber gleichgültig ließ.

Nach Vorlage meiner Vielfliegerkarte hatte die Stewardess, eine attraktive Asiatin, mich von Economy- auf Business-Class hochgestuft, wo die Beinfreiheit größer war als in der Touristenklasse. Und noch vor den übrigen Passagieren wurde mir ein vegetarisches Menü kredenzt, das delikater war als nach Pappmaché schmeckende Hühnerbrust, dazu Campari mit Orangensaft, der zwar nicht mit der Hand gepresst, aber erfrischend war. Die Maschine hatte die vorgeschriebene Flughöhe erreicht und tauchte in den Jetstream ein, während ich meinen Laptop aufklappte, um eine von meiner Sekretärin weitergeleitete E-Mail zu beantworten. Ich schüttelte ungläubig den Kopf beim Lesen des fremd und doch vertraut klingenden Texts:

»Haïti, ee vun deenen ärmste Länner op der Welt, deelt sech d'Insel Hispaniola mat der Dominikanescher Republik. Wéi déi meescht Inselen an der Karibik, stammen d'Haïtianer von afrikanesche Sklaven of, déi tëschent dem 16. an 18. Joerhonnert heihinnert verschleeft gi sinn, fir op den Zockerrouerplantagen ze schaffen. Haïti war déi erscht schwarz Republik, déi 1804 onofhängeg ginn ass.«

Die Lektüre ermüdete mich, ich rieb mir die Augen und runzelte die Stirn, während ich darüber nachdachte, ob es sich um eine Fremdsprache oder einen deutschen Dialekt handelte – oder um Kauderwelsch ohne Sinn und Verstand.

»Mir sinn e Grupp vu Lëtzebuerger«, las ich kopfschüttelnd, »déi alleguerten schon op Haïti waren an sech e Bild von der Situatioun maache konnten. Duerch d'Frëndschaft mit haïtianesche Scouten ass d'Iddi entstaanen, sech duerch Ennerstëtze von enger Schoul fir Kanner vu mannerbemëttelten Eltern zu engagéieren, fir deem eenzelne Mënsch end Existenz ze erméiglechen.«

Die E-Mail kam aus Luxemburg, von Einheimischen »Lëtzebuerch« genannt. Das war des Rätsels Lösung, und ich fragte mich, was Bürger des reichsten Kleinstaats Europas dazu trieb, im ärmsten Land Amerikas Schulen zu bauen: Handelte es sich um ein Entwicklungsprojekt oder um einen raffiniert getarnten Pädophilenring? Diese Vermutung drängte sich auf beim Anblick der den Text begleitenden Fotos dickbäuchiger Pfadfinder in Boy-Scout-Uniformen, und die Triefaugen des die Gruppe segnenden Kaplans, der einem Jungen in Turnhosen eine Oblate in den Mund schob, bestätigten meinen Verdacht. Oder reisten die Luxemburger nach Haiti, um überflüssige Pfunde abzuspecken und sich unter der Tropensonne fit zu machen für ihren Berufs- und Alltagsstress?

Ich hatte eine tiefsitzende Abneigung gegen Berufsjugendliche wie Egon Krenz, damals noch der Kronprinz von Erich Honecker, mit dem ich als Mitglied einer Berliner Delegation zu den Weltfestspielen der Jugend und Studenten nach Havanna geflogen war: »Greif zu, Genosse!« hatte der FDJ-Vorsitzende gerufen, der mich für einen unter Berufsverbot leidenden westdeutschen Friedenskämpfer hielt: »Greif zu, Genosse!« Und er hatte mit raumgreifender Geste auf den gedeckten Tisch gezeigt, als habe er persönlich am Strand von Varadero ein Büfett aufgebaut, auf dem sich den Kubanern vorenthaltene Delikatessen türmten. Als ich an die Reihe kam, war es zu spät, ein Warschauer-Pakt-General mit vergoldeten Epauletten hatte ein Silbertablett mit gegrilltem Hummer konfisziert und seiner Gattin kredenzt, einer Matrone mit Lockenwicklern im Haar: zwei Langusten pro Person, während ich mit lauwarmem Rum Vorlieb nahm und, von Alkohol beduselt, ins Meer hinausschwamm, begleitet vom Vorsitzenden des Komsomol, und mich bei dem Gedanken ertappte, wenn jetzt ein Hammerhai käme, wären Millionen Komsomolzen führungslos. Doch alles blieb ruhig, und keine Dreiecksflosse durchfurchte die seidig glänzende See.

Bei der Zwischenlandung in Pointe-à-Pitre hielt ich vergeblich Ausschau nach einem Luxemburger namens Mohrenschildt, den ich hier hätte treffen sollen. Nur drei Ärzte ohne Grenzen warteten in der Transithalle, ächzend unter schweren Rucksäcken; schon vor ihrem Haiti-Einsatz sahen sie grünstichig aus, als hätten sie Gelbfieber oder Malaria, im Gegensatz zu vor Kraft und Gesundheit strotzenden Feuerwehrleuten aus Paderborn, die *Es gibt kein Bier auf Hawaii* grölten und, Haiti mit Hawaii verwechselnd, ein Bier nach dem anderen bestellten. »Wie viel müssen wir Ihnen bezahlen, damit Sie endlich aufhören, Bücher über *Tahiti* zu schreiben«, hatte mein Verleger mich gefragt nach Erscheinen meines ersten Haiti-Romans, der sich ausgewachsen hatte zu einer Trilogie, nein Tetralogie, aber damit war jetzt endgültig Schluss: Nicht nur ich selbst, auch die Inselrepublik hatte zu existieren aufgehört. Dies war mein unwiderruflich letzter Besuch in Haiti, das schon früher, bevor es von einem Erdbeben der Stärke 7.0 heimgesucht wurde, von Zombies, lebenden Toten, bevölkert gewesen war. Drei oder vier Erdstöße hatten genügt, um Port-au-Prince einschließlich Präsidentenpalast und Kathedrale, Bürogebäuden und Hotels, Luxusvillen und Lehmhütten einstürzen zu lassen wie ein Kartenhaus, in dessen Trümmern 230.000 Menschen starben. Ich fragte mich, ob der Ausdruck »nach oben offene Richterskala« dem Geschehen angemessen war oder ob »nach unten offen« die Abwärtsbewegung, die das Land vollzog, nicht adäquater ausdrückte. Haitis vom Voodoo-Kult inspirierte Künstler und Schriftsteller hatten die Spirale, nein: die sich beschleunigende Abwärtsspirale zur Kunstform gemacht, die ihre Texte und Bilder, Bücher und Lieder prägte.

Ich klappte mein Ringbuch auf und zeichnete ein Schaubild aufs Papier, ein aus Rechtecken und konzentrischen Kreisen bestehendes Diagramm, dessen Sinn ich selbst nicht verstand: Ich trug, was ich mit

Sicherheit wusste, in viereckige Kästen ein und reservierte konzentrische Kreise für ungelöste Probleme, die ich mit Fragezeichen versah. Wer bin ich, woher komme ich, wohin gehe ich? Was wollte ich in Port-au-Prince, einer Stadt, die nur noch in der Erinnerung existierte und mit deren Wiederaufbau zu meinen Lebzeiten nicht mehr zu rechnen war? Suchte ich Gott oder den Tod? Oder war ich auf der Suche nach mir selbst? Waren das zwei, nein drei Seiten derselben Medaille? Oder handelte es sich um ein gleichschenkliges Dreieck, dessen Grundlinie die Identitätssuche war, die archäologische Ausgrabung meiner unter Erdbebenschutt begrabenen Identität?

Ich bestellte einen Malt Whisky, und während ich mit bebenden Nasenflügeln das nach Torf duftende Aroma einsog, fiel es mir wie Schuppen von den Augen beim Anblick des Diagramms, das ich, ohne zu wissen, wie und warum, in mein Ringbuch gekritzelt hatte: Das verschachtelte Labyrinth, aus dem es keinen Ausweg gab, sah einem Vévé ähnlich, einem jener an Freimaurersymbole erinnernden Muster, die der Gehilfe des Priesters vor Beginn jeder Voodoo-Zeremonie mit Maismehl auf den Boden des Tempels malt. Und ich nahm mir vor, das Bild meinem Freund, dem Voodoo-Priester und Maler André Pierre, zur Begutachtung vorzulegen.

Ich schloss die Augen und glitt hinüber in einen Traum, dessen Bilder sich wie Filmsequenzen übereinanderschoben: Vor mir lag ein Friedhof, aus dem Rauch stieg, die Erde wölbte sich, Spalten öffneten sich, Dampffontänen zischten als Geysire aus dem Boden. Der mich begleitende Friedhofswärter meinte, es handle sich um illegal bestattete Leichen, aber ich wusste es besser: Es waren Zombies, die sich aus ihren Särgen freischaufelten, dies war das Jüngste Gericht, die Auferstehung der Toten. Vor mir lag ein halbverwester Kopf, ein schwarzer Schädel, neben einer weißen Hand, deren Finger sich tastend bewegten. Der Friedhofswärter rieb mir Salz unter die Nase, das mich zum Niesen reizte, und erst jetzt wurde mir klar, dass ich mich in einen Zombie verwandelt hatte, einen lebenden Toten, der durch Nacht dem Licht zustrebte.

Ein wie Hispaniola geformter Schatten schob sich vor die Sonne, aus niedrig ziehenden Wolken fielen eiskalte Regentropfen, und als ich die Türklinke herunterdrückte, war es zu spät: Im Hinterzimmer des schäbigen Motels, das wie zum Hohn Palace-Hotel hieß, war die Familie des Diktators vollzählig versammelt, Papa Doc, Mama Doc und Baby Doc. Der Staatschef auf Lebenszeit deklamierte eine Litanei, die als Morgengebet an den Schulen eingeführt worden war: »Papa Doc, / der Du Haiti regierst / als Präsident auf Lebenszeit / Dein Reich komme / Dein Wille geschehe / vergib niemals Deinen Feinden / vernichte und zerschmettere sie / denn Dein ist die Macht und alle Reichtümer Haitis / in Ewigkeit Amen.«

»Lang lebe Doktor Duvalier!« rief ich mit ungeheuchelter Begeisterung, aber Mama Docs tadelnder Blick sagte mir, dass ich mich zur Unzeit zu Wort gemeldet hatte. Auch Baby Doc schüttelte missbilligend den

Kopf, und jetzt nahm Papa Doc mich ins Visier, der Laserblick seiner Augen drang bis auf den Grund meiner Seele vor, und der Voodoo-Doktor fragte, blinzelnd hinter seiner dickwandigen Brille und näselnd wie ein Zombie, ob ich einen Impfpass mit der gesetzlich vorgeschriebenen Gelbfieberimpfung vorweisen könne?

2

Genau diese Frage hatte mir die Einreisebeamtin bei meinem letzten Besuch gestellt, und während sie anzüglich lächelnd den Einreisestempel in meinen Pass drückte, fiel mir ein Spruch ein, der, rassistisch und sexistisch zugleich, mehr aussagte über das kollektive Unbewusste Haitis als langatmige soziologische Analysen: *À bas les mulâtres – vivent les mulâtresses*! Nieder mit den Mulatten – hoch die Mulattinnen!

Schon beim Anflug auf Port-au-Prince hatte ich die einem Atompilz ähnelnde Dunstglocke bemerkt, die nicht aus Autoabgasen, sondern aus Zementstaub bestand, und erst während der Landung begriff ich, dass die Stadt von einer eisernen Faust zerschlagen und dem Erdboden gleichgemacht worden war. Nur wenige, auf Hügelkämmen gelegene Häuser standen noch, der Rest war eine mit Schutthalden übersäte Steinwüste, in der die Orientierung schwerfiel, weil Markierungspunkte fehlten: Bei genauem Hinsehen erkannte ich die eingestürzte Kathedrale, aus deren Ruine ein Kruzifix ragte, schräg gegenüber den in zwei Teile zerborstenen Präsidentenpalast, dessen vornübergerutschtes Dach wie ein zerknautschter Hut auf dem Rasen lag. Im Tower des Flughafens klaffte ein Riss, und die Landebahn war zerfurcht von Erdspalten, die es vorher dort nicht gegeben hatte, so wenig wie die neben dem Flugfeld errichtete Zeltstadt mit vom Wind gebauschten Fahnen des IKRK und der Weltgesundheitsorganisation WHO. Nur das von Unkraut überwucherte Wrack einer Propellermaschine mit der Aufschrift HAITI AIR befand sich noch an gleicher Stelle. Eine alte Bäuerin ritt an dem Drahtverhau vorbei und trieb beim Anblick des auf der Piste landenden Flugzeugs mit Stockschlägen ihr Maultier zur Eile an.

Von Lotsen mit roten Kellen dirigiert, rollte die Maschine an der mit Brettern vernagelten Abfertigungshalle vorbei und kam zum Stillstand an einem Hangar, der vor dem Erdbeben als Garage für Mietautos gedient hatte, jetzt aber die Einreisebehörde beherbergte oder das, was von ihr übriggeblieben war. US-Marines in gescheckten Kampfanzügen empfingen die Reisenden und schleusten sie durch die Pass- und Zollkontrolle, schnell und reibungslos, als handle es sich um eine überflüssig gewordene Formalität. Die Frage *business or pleasure*, die ich stets mit *pleasure* beantwortet hatte, wurde von niemandem mehr gestellt.

3

Haiti hatte das Lachen verlernt. Die auf ankommende Passagiere wartenden Abholer, Kofferträger und Taxifahrer waren wortkarger als sonst, und der Chauffeur der Welthungerhilfe – hieß er nun Cicero oder Caesar? – raunte mir durch das Absperrgitter zu, er habe Glück gehabt, denn er habe *nur* seine Nichte verloren; zwar sei das Haus zerstört, der Rest der Familie aber wohlauf. Ich dachte, ich hätte mich verhört, doch der Fahrer wiederholte, er habe Glück gehabt: Die Mitteilung, wer tot und wer noch am Leben war, hatte das sonst übliche Begrüßungsritual ersetzt. Zwei Straßenjungen balgten sich darum, meinen Koffer tragen zu dürfen, und als der Streit handgreiflich wurde, riss der Fahrer ihnen den Koffer aus der Hand und warf ihn auf den Rücksitz. Jetzt waren es drei Jungen, von denen einer mit einem schmutzigen Lappen über die Windschutzscheibe strich, während zwei an die Seitenfenster klopften und mir, auf ihre hohlen Bäuche zeigend, signalisierten, dass sie Hunger hatten. Ich bedauerte, keins der im Flugzeug servierten belegten Brote eingepackt zu haben, und stülpte auf der Suche nach Münzen die Taschen um, aber das von der letzten Reise mitgebrachte Kleingeld hatte ich zu Hause gelassen, und um zu zeigen, dass ich nur große Scheine besaß, wedelte ich mit einer Fünfzig-Dollar-Note, deren Anblick die Jungen dermaßen erregte, dass sie an der Wagentür rüttelten. Der Chauffeur, der weder Cicero noch Caesar hieß, sondern Brutus, hupte und gab Gas, und als ich nach langer Suche eine Tüte mit Gummibärchen aus der Brusttasche zog, hatten wir den Flughafen schon hinter uns, und der Landrover hielt vor einer Ampel am Abzweig zur Route de Delmas. Wieder wurden wir von Straßenkindern umringt, die sich an die verschlossene Tür mit dem Logo der Hungerhilfe klammerten, aber während ich noch über die Verteilung der Gummibären nachsann, setzte sich der Landrover schaukelnd in Bewegung und schwenkte ein in den fließenden Verkehr.

Die Fahrt ging steil bergauf, und die Schutthalden links und rechts der Straße, wie Decken gewellte, gefaltete oder zerknickte Betonwände, aus denen verdrehte Armiereisen ragten, machten von Rissen durchzogenen Hausfassaden, Tankstellen und Supermärkten Platz, auf die Emissäre der Stadtverwaltung die Worte BÂTIMENT HISTORIQUE oder À DÉMOLIR gesprüht hatten. Je höher wir kamen, desto geringer wurden die Schäden. Die Straße ging über in eine Piste, vorbei an mit Glasscherben gespickten Mauern, und, ein Schlagloch umfahrend, erzählte Brutus, Gebäude aus Naturstein hätten hin- und hergeschwankt, seien aber nicht umgestürzt, so wenig wie Tropenbäume, deren Brettwurzeln die Erschütterung abfederten. Dazu passte, dass viele als Gingerbread-Häuser bezeichnete Villen aus der Kolonialzeit das Erdbeben unbeschadet überstanden hatten, weil Balkengerüste die Schockwellen besser verkrafteten als Stahlbeton oder Zement.

Der Landrover hielt vor einem mit Mennige gestrichenen Tor, das von einem verkrüppelten Doorman geöffnet wurde. Der Wächter hieß Nathan; trotz seines Handicaps sei er bärenstark, flüsterte der Hausherr mir zu, während er mich durchs Wohnzimmer zur Terrasse führte, um mir die Aussicht zu zeigen. Klaus lebte und arbeitete seit zwölf Jahren in Haiti, anfangs für den Lutherischen Weltbund, später für die Welthungerhilfe. Jetzt schickte er sich an, das Land zu verlassen, schweren Herzens, wie er sagte. Und er wies auf die von kahlen Bergen umrahmte Bucht, hinter der die Sonne unterging. Violette Wolken ballten sich über einem mit Antennenmasten gespickten Hügelkamm, in Küstennähe kreuzte ein Kriegsschiff, auf dessen Deck ein Hubschrauber landete. Weiter draußen lag ein schneeweißer Passagierdampfer vor Anker, kein Luxusliner, sondern ein schwimmendes Hospital, in dem Erdbebenopfern Arme und Beine amputiert wurden. Die Sonne entflammte den Horizont und rötete die Unterseite der Wolken, und für Sekundenbruchteile zuckte ein grünes Leuchten über das Meer, bevor lila Schatten die Bucht umhüllten. An der Rollbahn des Flughafens gingen die Lichter an, gefolgt vom Containerhafen, wo sich hinter mannshohen Verhauen aus Nato-Draht Hilfsgüter stapelten, zur Abwehr von Dieben mit Scheinwerfern angestrahlt.

»Nach dem Erdbeben lieferte das E-Werk plötzlich Strom«, sagte Klaus, während ich einen Satz äußerte, der meinem Wunsch nach Barbancourt-Rum mit Eiswürfeln und Limonen Ausdruck verlieh: »Die Dämmerung ist kurz in den Tropen, und übergangslos herrscht tiefe Dunkelheit.«

4

Wie wahr, wie seiend, dachte ich am nächsten Morgen beim Anblick eines Kolibris, der mit gebogenem Schnabel Nektar aus dem Blütenkelch einer Bananenstaude sog. Noch vor dem Frühstück trat ich barfuß vor die Tür und unterdrückte einen Freudenschrei angesichts des wie ein Kleinod funkelnden Vogels, der mit wirbelnden Flügeln in der Luft stillstand, bevor er zur nächsten Blüte weiterflog. *Wie wahr, wie seiend!* Mit diesem Ausruf hatte Goethe, an der Mole von Mestre stehend, das Wogen der Wellen und das Wimmeln der Krebse kommentiert, als er zum ersten Mal das Mittelmeer sah, und dem war nichts hinzuzufügen, denn das Überwältigende der Natur war deren Dasein und Sosein, ein Netzwerk auf Gedeih und Verderb aneinandergeketteter Organismen, wahr und wirklich, hässlich und schön zugleich: Was schön genannt wurde, entsprang dem Fortpflanzungstrieb, es ging um die Erhaltung der Art, die den Bananenbaum knospen und den Kolibri den Kelch befruchten ließ, dessen Blütenstaub er weiter trug, bis er anderswo auf fruchtbaren Boden fiel. Als erriete er meine Gedanken, klappte Klaus seinen Laptop auf und zeigte mir das Foto eines smaragdgrünen Kolibris, das er als Bildschirmschoner benutzte.

Ich hatte ein an Hass grenzendes Vorurteil gegen Entwicklungshelfer und Diplomaten, die Frühstücksräume, Lobbys und Bars der hiesigen Hotels bevölkerten und, ohne ihre Umgebung eines Blickes zu würdigen, rund um die Uhr mit ihren Büros oder Familien kommunizierten, an elektronischen Nabelschnüren hängend wie Astronauten im All. Sie schauten ungläubig auf von ihren Monitoren, wenn ich ihnen erklärte, dass Haiti eine faszinierende Kunst und Kultur besaß, ganz zu schweigen von der Natur, und dass die einheimischen Künstler und Schriftsteller, Voodoo-Priester und Hebammen mehr wussten über ihr Land als die meisten aus Europa entsandten Experten. Mein Freund Klaus war einer von ihnen und gehörte doch nicht dazu, denn er hatte sich in Haiti verliebt: In seinen Augen war die Insel der beste Alptraum der Welt, und seine Reden ähnelten einer im Jammerton vorgetragenen Jeremiade, die nichts ändern konnte oder wollte am Elend, das er so wortreich beklagte – HAITIADE war das richtige Wort dafür. Und wie zur Bestätigung beantwortete er meine Frage, ob das Erdbeben eine Chance zum Neubeginn eröffnet habe, mit einem sibyllinisch klingenden Satz, der alles und nichts bedeutete: »Irgendwie geht das Leben weiter – aber irgendwie ist nicht gut genug!«

Wir rollten auf einer abschüssigen Piste den Hang hinab, vorbei an mit Glasscherben gespickten Mauern, und vor jeder Toreinfahrt stoppte der Pick-up, um Mütter mit Kindern, Mädchen in Schuluniformen und Marktfrauen mit Bündeln und Körben zusteigen zu lassen, die lachend auf die Laderampe kletterten, unter ihnen eine Ex-Geliebte von Klaus, der er die Ausbildung zur Stenotypistin finanziert hatte. Beim Gedanken an das Geben und Nehmen, das dem Austausch der Körperflüssigkeiten zugrunde lag, fiel mir der Text eines Liedes ein, das ich vor Jahren in Dili, der

Hauptstadt von Osttimor, gehört und in mein Tagebuch notiert hatte:

Du bringst mir das Kreuz und die Fahne
Und ich bringe dir den Sack mit Süßkartoffeln
Brotfrüchten und Yams.

Du bringst mir Radio und Fernsehen
Und ich bringe dir den Korb mit Kokosnüssen
Ananas, Papayas und Mangos.

Du bringst mir das Hemd und die Hose
Und ich bringe dir meine nackte Haut
Lippen, Zunge und Achselschweiß.

Warum ziehst du die Uniform nicht aus?
Warum legst du die Waffe nicht aus der Hand
Warum zielst du mit dem Gewehr auf mich?

Knapper ließe sich die Beziehung zwischen Kolonisierenden und Kolonisierten nicht auf den Punkt bringen, hatte ich als Kommentar an den Rand geschrieben.

Je näher wir der Innenstadt kamen, desto flächendeckender war die Zerstörung. Port-au-Prince sah aus wie Dresden nach dem Luftangriff vom Februar 1945, aber der Vergleich hinkte, denn die Napalmbomben und Phosphorgranaten hatten einzelne Häuser und ganze Stadtteile verschont. Hier hingegen war kein Stein auf dem anderen geblieben, und die Sterberate war zehnmal so hoch.

»Das nennt man *Cash for work*, sagte Klaus und zeigte auf eine Gruppe halbnackter Männer mit Atemmasken und Bauhelmen auf dem Kopf, die, von Zementstaub überpudert, mit Vorschlaghämmern auf Betonpfeiler einschlugen, um die Armiereisen aus ihrer Verankerung zu lösen und auf mit laufendem Motor wartende Lkw zu werfen, die das Altmetall zum Schrottplatz brachten.

»Das Trümmerbeseitigungsprogramm gibt 100.000 Menschen Lohn und Brot. Aber es hat einen Schönheitsfehler: Die UNO zahlt fünf Dollar pro Tag, wir nur viereinhalb. Das ist doppelt so viel wie der Mindestlohn, der ohnehin meist unterschritten wird, denn die Mehrheit der Bevölkerung ist arbeitslos. Doch wem sage ich das!« Dabei gehe es nur um die Schuttentsorgung; von Wiederaufbau könne keine Rede sein, solange Haiti von Nachbeben erschüttert werde wie letzte Nacht, als ein Erdstoß der Stärke vier Klaus aus dem Bett warf.

Das Programm sollte besser *Cash without work* heißen, meinte er, während wir eine Schutthalde umfuhren, auf der Anwohner nach Verwertbarem suchten: Brigadeleiter und Vorarbeiter ließen andere für sich schuften, um mit gefälschten Papieren doppelte Reisrationen zu ergaunern. Der Arme sei des Armen schlimmster Feind, sagte Klaus: Dabei gehe es den Obdachlosen in den Zeltstädten besser als vorher in den Slums.

KRIMINELLE VERNACHLÄSSIGUNG stand auf einer einsturzbedrohten Hauswand, GNADE FÜR HAITI und JESUS HILF! neben der Aufforderung, sich zum Schutz vor Cholera die Hände zu waschen. Vor uns lag der Marché-en-Fer, ein für New Orleans bestimmtes Bahnhofsgebäude, das in Port-au-Prince gestrandet und dort als Markthalle genutzt worden war. Nach dem Einsturz des Dachs hatten Plünderer Feuer gelegt, und die mit Jugendstilschnörkeln verzierte Halle war jetzt eine schwelende Ruine, aus der verkohltes Wellblech und verbogenes Gestänge ragte, beherrscht vom schiefen Turm der Bahnhofsuhr, deren Zifferblatt seit Jahren auf fünf nach zwölf stand.

»Der Arme ist des Armen schlimmster Feind«, wiederholte Klaus, aber ich hörte nur mit halbem Ohr zu, denn die Haiti-Hilfe war ein vielzitierter Tropfen auf den heißen Stein, der, ohne eine Spur zu hinterlassen, in der Hitze verdunstete. Die Gratiszuteilung von Reis hatte den Reisanbau ruiniert, wofür Bill Clinton sich öffentlich entschuldigt hatte, und die in Haiti produzierte Milch, die Klaus an Waisenhäuser lieferte, war teurer als Milchpulver von Nestle, weil allein schon der Transport ein Vermögen kostete. Das Gespräch ermüdete mich; statt über nachhaltige Entwicklung zu streiten, hätte ich lieber die Apotheke meines Großvaters besichtigt oder das, was nach dem Erdbeben von ihr übriggeblieben war.

Die Place Geffrard befand sich im Stadtzentrum, als mein Großvater hier ein Geschäft eröffnete, in dem er Medikamente von Bayer und Merck, aber auch handkolorierte Postkarten und koffeinhaltige Erfrischungsgetränke vertrieb. Damals war Haiti noch eine grüne Insel, von einer Million Menschen bewohnt, deren Zahl sich verzehnfachte, während die Bergwälder abgeholzt und die fruchtbare Ackererde ins Meer geschwemmt wurden. Die *Pharmacie Buch* war eine Goldgrube, bis sie am Tag nach Pearl Harbor als feindlicher Besitz beschlagnahmt und zwanzig Jahre später von einem Rollkommando der Tontons Macoutes verwüstet wurde, die das Segelflugzeug meines Onkels Toto in Stücke hackten, weil Papa Doc einen Luftangriff auf den Präsidentenpalast befürchtete. Seitdem war die Apotheke geschlossen, und bei meinem letzten Besuch hatten *Squatter* genannte Hausbesetzer sich Zutritt zu dem Gebäude verschafft und auf der Suche nach Drogen längst abgelaufene Arzneien geschluckt.

5

»Die Architektur des Hotels war weder klassisch in der Art des 18. Jahrhunderts noch luxuriös im Stil des 20. Mit seinen Türmchen und Balkonen und hölzernen Verzierungen aus Gitterwerk wirkte es nachts wie ein verwunschenes Haus, und man erwartete, dass eine Hexe oder ein irrsinniger Butler einem die Tür auftat.«

So hatte Graham Greene das Grand Hotel Oloffson beschrieben, als er in den sechziger Jahren des vorigen Jahrhunderts hier abgestiegen war, und seitdem hatte sich nicht viel verändert. Auf der Hotelterrasse war die Zeit stehengeblieben, obwohl oder weil die Umgebung des schon damals baufälligen Gebäudes ein Trümmerfeld war.

»Nach dem, was Haiti durchgemacht hat, sind wir alle mehr oder weniger verrückt«, seufzt Richard Morse: »Ich bin es auch.« Und er erzählt, wie er sich am 10. Januar 2010 um 16 Uhr 53 an seinen Fernsehapparat klammerte, der bedrohlich zu schlingern begann. »Statt einem Kind das Leben zu retten, rettete ich mein Fernsehgerät.« Nach dem Sturz von Baby Doc hatte der Sohn eines amerikanischen Ethnologen und einer haitianischen Tänzerin die Leitung des Hotels übernommen und das Oloffson vom Treffpunkt des Jetsets zu einer Oase für Künstler und Literaten gemacht. Nur die in Haiti stationierten UNO-Soldaten mieden sein Hotel wegen Sicherheits- und Hygienemängeln – zwei Seiten derselben Medaille. Stattdessen hatten die Kommandeure der Blauhelmtruppe in einem Bürohochhaus logiert, das zweihundert UN-Mitarbeiter unter seinen Trümmern begrub, einschließlich einer Delegation chinesischer Unternehmer, die der aus Tunesien stammende Missionschef Hannabi gerade empfing.

»Das Beben hatte auch sein Gutes«, meint Richard Morse. »Im Vertrauen gesagt« – er strich sich eine Haarlocke aus der Stirn – »230.000 Haitianer, die nie die Chance gehabt hätten, ein US-Visum zu bekommen, sind jetzt im Himmel. Dort sind sie besser dran als auf Erden. Sie kamen schnurstracks ins Paradies –

ohne Einreisevisum und ohne Pass. Du glaubst doch an Gott – oder etwa nicht?«

Ich verspürte wenig Lust, die Frage zu beantworten: In letzter Zeit hatte ich mich dem Katholizismus angenähert, aber das Erdbeben hatte mein Gottvertrauen erschüttert: Wenn das die Strafe für die Sünden der Menschheit war, hatte sie die Falschen getroffen. Ein Gott, der Babys lebendig begraben und Kinder ohne Narkose operieren ließ, ein solcher Gott verdiente keinen Respekt. Im Gegenteil: Man müsste den alten Herrn am Schlafittchen packen und wachrütteln aus seiner Lethargie, damit er sieht, was er angerichtet hat!

Richard Morse war es umgekehrt ergangen. Madame Nerval, eine kürzlich verstorbene Mambô, hatte ihn in die Mysterien des Voodoo eingeweiht, und anders als die meisten Haitianer glaubte er nicht, was der Tele-Evangelist Pat Robertson im amerikanischen Fernsehen verkündete: Vor zweihundert Jahren hätten die aufständischen Sklaven Haitis einen Pakt mit dem Teufel geschlossen, und die Voodoo-Priester seien an der Katastrophe schuld. Richard Morse streifte ein Stirnband über sein schulterlanges Haar und beugte sich vor: »Bist du immer noch Atheist – oder betest Du manchmal zu Gott?«

Ich nippte am Rhum Sour, der genau richtig schmeckte – nicht zu sauer und nicht zu süß. Um das Gespräch in andere Bahnen zu lenken, schlug ich vor, einen Song über das Erdbeben zu schreiben. Statt einer Antwort summte Richard den *Boat People Blues* vor sich hin, seine musikalische Replik auf einen Militärputsch, der die demokratisch gewählte Regierung Haitis gestürzt hatte. Der Text war zwanzig Jahre alt, aber unvermindert aktuell: »When I woke up this morning / there were dead bodies lying in the street / the government was gone / and there was blood running under my feet ...«

6

Der Tempel lag am Stadtrand von Port-au-Prince, in Croix-des-Missions, und erst jetzt, während ich mein Mietauto durch das morgendliche Verkehrsgewühl steuerte, wurde mir die Symbolik des Ortsnamens klar: Voodoo und Katholizismus waren Zwillinge, *Marassas*, die den Voodoo-Adepten heilig sind. DIEU SEUL ME VOIT – nur Gott sieht mich – stand auf einem mit Zementsäcken beladenen Lastwagen, an dessen Stoßstange sich ein Trittbrettfahrer klammerte, und ich musste lächeln bei dem Gedanken, dass die Redensart DIEU SEUL ME VOIT auf Kreolisch Masturbation bedeutete. Aber Sperma war abwaschbar, Mango- oder Papayasaft nicht, und ich staunte beim Anblick der Marktfrauen, auf deren weißen Blusen kein Staubkorn und kein Schlammspritzer zu sehen waren, während sie zwischen Bergen von Mangos am Straßenrand hockten, Wechselgeld herausgaben und gleichzeitig ihre Notdurft verrichteten – eine Vorstellung, die mich wider Willen erregte: »Oben hui, unten pfui«. Diesen Gedanken verbot ich mir, denn ich musste mich auf die Straße konzentrieren, die meine ungeteilte Aufmerksamkeit erforderte: Einmal falsch abgebogen, und man landete in einem Schlammloch oder einem Slum, wo man nicht nur sein Geld, sondern sein Leben riskierte.

Ich umfuhr in weitem Bogen das Elendsviertel Cité Soleil, eine Hochburg der Drogenmafia, in der Autos mitsamt ihren Passagieren verschwanden. Rechts lag der mit Nato-Draht eingezäunte Flughafen, links die von streikenden Studenten niedergebrannte Ruine der Landwirtschaftsakademie, vor mir ein vertrocknetes Flussbett, das ich auf einer bebenden Stahlbrücke überfuhr. Vor dem Rondell, an dem die Ausfallstraße in die nach Norden führende Route Nationale Nummer eins übergeht, bog ich scharf nach links und hielt mit quietschenden Bremsen auf einem mit Kakteen umfriedeten Platz, der aussah wie eine Mischung aus Autofriedhof und Kaffernkral – Compound war das richtige Wort dafür. Umgeben von pickenden Hühnern und rostigen Autowracks saß der Voodoo-Priester André Pierre unter dem Vordach seiner Hütte und malte ein kleinformatiges Bild, auf dem die afrikanischen Götter beim Auszug aus Haiti zu sehen waren: Angeführt vom Kriegsgott Papa Ogoun, der ihnen mit gerecktem Säbel den Weg nach Afrika wies, und der Liebesgöttin Erzulie Dahomey, die in ihr Muschelhorn blies, bestiegen sie ein vom Meeresgott Agoué gesteuertes Schiff, vor dem die Wassernixe Maman Zimbie sich in den Wellen tummelte. In Gedanken verglich ich das in leuchtenden Farben gemalte Bild mit japanischen Mangas und amerikanischen Comic Strips, während

André Pierre, der auf einer Missionsschule lesen und schreiben gelernt hatte, die Namen der Voodoo-Götter in winziger Schrift auf die Leinwand pinselte.

»Es gibt keine Situation in Haiti«, antwortete er auf meine Frage, wie er die politische Lage einschätze. »Es gibt keine Situation, weil es Haiti nicht mehr gibt. Unsere Götter haben uns verlassen und sind nach Afrika zurückgekehrt, weil wir die von unseren Vorfahren erkämpfte Freiheit und Unabhängigkeit für dreißig Dollar an die USA verscherbelt haben. Die Freiheit ist ein Geschenk der Götter, und eine Gottesgabe verkauft man nicht.«

»Wieso dreißig Dollar?«

»Dreißig Silberlinge, wie im Neuen Testament!«

André Pierres Frau servierte bittersüßen Kaffee, von dem wir den ersten Schluck den Vorfahren spendeten, und ich gab André Pierre eine Flasche Barbancourt-Rum, die ich im Duty Free Shop des Flughafens gekauft hatte. Er füllte eine Kaffeetasse mit Rum und schüttete den Inhalt auf den Boden – die Toten haben großen Durst.

»Hast du schon mal ein Konterfei von Satan gesehen?«

Er zog einen Geldschein aus der Brusttasche, strich ihn glatt und zeigte auf das Porträt des Gründungsvaters der Vereinigten Staaten auf der Banknote.

»Nein, das ist nicht George Washington – auf allen Geldscheinen der Welt ist Satan abgebildet, ganz gleich, ob es sich um einen US-Dollar handelt oder eine haitianische Gourde. Satan ist der Herrscher der Welt, er vergräbt Gold in der Erde und bringt Geld in Umlauf, damit die Menschheit sich bückt und den Kopf nicht zum Himmel hebt.«

Ich zeigte dem Voodoo-Priester das Schaubild, das ich im Flugzeug gezeichnet hatte.

Er verzog angewidert das Gesicht und spuckte aus, als wolle er einen üblen Geschmack loswerden.

»Ich bin für Rada- und Kongo-Riten zuständig«, sagte André Pierre. »Geh in den Houmfort von Madame Nerval in Jacmel – die kennt sich aus mit Geheimkulten wie Pétro und Bizango. Ich bin nur ein gewöhnlicher Houngan, kein Bocor, der schwarze Magie betreibt!«

DAS DRITTE UFER DES FLUSSES

»Quand vient la fin de l'été sur la plage / il faut alors se quitter …«
(Französischer Schlagertext)

1

Der Sommer 1933, schreibt Sybille Bedford in ihren Memoiren, die erst nach ihrem Tod veröffentlicht wurden, der Sommer 1933 sei der schönste ihres Lebens gewesen: Eine nicht abreißende Kette von keinem Wölkchen getrübter Tage, die sie wie die Sommer zuvor an der Côte d'Azur verbrachte, in einem Fischerdorf bei Toulon, wo ihre Mutter für sich und ihren Freund die Villa Les Cyprès gemietet hatte. Der Ort hieß Sanary-sur-Mer, und während der wochenlangen Abwesenheit ihrer Mutter, die in die Schweiz gereist war, um eine Erbschaftsangelegenheit zu klären, verlebte Sybille die Zeit auf ebenso abwechslungsreiche wie monotone Weise, nach einem vorher festgelegten, nur geringfügig variierten Plan.

Vor dem Frühstück ruderte der Sohn des Fischers sie aufs Meer hinaus, und obwohl sie manchmal beim Anblick seines nackten Rückens, unter dessen brauner Haut die Muskeln spielten, ins Träumen kam, wurde ihr nach dem ersten Kuss, den Louis ihr aufdrängte oder abluchste, klar, dass sie sich mehr von Frauen als von Männern angezogen fühlte; am stärksten von Madame Arnaud, der Gattin eines Rechtsanwalts aus Toulon, die zusammen mit ihrem Mann und einem französischen Verehrer die Villa La Tranquille bewohnte, ein Haus mit Meerblick am Stadtrand von Sanary. Sybille von Schönebeck, wie sie mit richtigem Namen hieß, war auf einem Schloss im Schwarzwald groß geworden, hatte ein Schweizer Internat und eine Boarding School in England besucht und war in dem Sommer, in dem unsere Geschichte spielt, 22 Jahre alt; zu dem Zeitpunkt hatte noch kein Mann sie erkannt, wie es in der Bibel heißt.

Nach dem Bad im Meer duschte sie, schlüpfte in die *Espadrilles* genannten Stoffschuhe, die sie in den Sommerferien stets trug, streifte ein Matrosenhemd über, dazu Tennishosen, die ihre von der Sonne gebräunten Beine zur Geltung brachten, und setzte sich auf ihren Stammplatz im Café des Amis, dessen Besitzerin, die Witwe Schwob, ihr einen von Milchschaum gekräuselten Café au lait servierte. Sybille blinzelte schläfrig in die Sonne, deren grelles Licht eine gelb-weiß gestreifte Markise filterte, und tunkte ein mit Butter bestrichenes Croissant in den Milchkaffee. Vor ihr lag das Panorama des Hafens, eingerahmt vom Hôtel de la Tour zur Rechten und der La Jetée genannten Kaimauer zur Linken, an der Segel- und Motorschiffe ankerten, die sich in der Dünung hoben und senkten. Doch Sybille hatte keinen Blick für die auf Hochglanz polierten Yachten, die bunt bemalten Fischerboote und die zum

Trocknen ausgespannten Netze: Eine von Möwen umkrächzte Idylle, die sie stets aufs Neue entzückte, an diesem Morgen aber kalt ließ, weil ihre Aufmerksamkeit von Dringlicherem in Anspruch genommen wurde.

Sie fürchtete, die Ankunft Madame Arnauds zu versäumen, die jeden Augenblick vorfahren konnte, und verbrühte sich die Zunge beim Versuch, den Kaffee in großen Schlucken zu trinken, um pünktlich zur Stelle zu sein, wenn Madame Arnaud aus dem Auto stieg, dessen Tür ihr Verehrer, der gleichzeitig als Chauffeur fungierte, mit einem Bückling öffnete. Hervé, so hieß der von ihrem Mann geduldete Nebenbuhler, machte Madame Arnaud schamlos den Hof. Die aber stieß ihn brüsk zurück und reichte ihrer mit einem Einkaufskorb wartenden Freundin die Hand, auf deren nach Niveacreme duftende Haut Sybille einen Kuss hauchte, bevor Madame Arnaud ihr den Arm wieder entzog und gedankenverloren ihren Bubikopf tätschelte – eine flüchtige Berührung, die Sybille heiß und kalt durchrieselte. In diesem Augenblick wurde ihr klar, dass sie Madame Arnaud liebte, obwohl oder weil die sie mit Verachtung strafte und mit harschen Worten tadelte, als sie beim Einkaufen die Tomaten zuunterst in den Korb packte und mit Zucchini und Auberginen beschwerte. »So wird Ratatouille daraus!«, rief Madame Arnaud und drohte ihr in gespieltem Zorn mit dem Finger, was Sybille jedoch nicht davon abhielt, den im Café geschriebenen Liebesbrief, den sie unter der Bluse trug, in den Einkaufskorb zu stecken.

Trotz des Lampenfiebers, das sie stets aufs Neue empfand, gelang es ihr nicht, sich auf die Begegnung mit Madame Arnaud zu konzentrieren, denn sie wurde gegen ihren Willen abgelenkt durch Satzfetzen vom Nebentisch, die sie mit halbem Ohr mithörte. Was wie Russisch klang, entpuppte sich als Bayerisch, und der raue Ton passte gut zum Inhalt des Gesprächs, das sich um Politik zu drehen schien. Ein geschniegelter Herr im Sommeranzug, der wie ein Wiener Textiljude aussah, redete ununterbrochen auf einen unrasierten Typ mit Nickelbrille und Lederjacke ein, eine Mischung aus Mackie Messer und Karl Valentin, der, ohne viel zu sagen, gleichmütig seine Zigarre paffte. Von Hitler, Goebbels und Göring war die Rede, von Lenin, Trotzki und Stalin, und Sybille gab es auf, der Konversation zu folgen: Sie interessierte sich nicht für Politik und hasste Stammtischgespräche mit ihrem Hang zu ideologischer Haarspalterei und politischer Rechthaberei.

Nicht nur Sybille Bedford, auch der Herr am Nebentisch fühlte sich durch das lautstarke Gespräch gestört. Seinem exzentrischen Gebaren nach war er Engländer oder Amerikaner, aber der dunkle Fleck auf seiner Stirn hätte besser zu einem Brahmanen gepasst – so als sei der Grimassen schneidende Gast Krischna, Kali oder dem Affengott Hanuman geweiht. Er runzelte die Stirn und schüttelte missbilligend den Kopf, als die Kellnerin ihm statt eines doppelten einen einfachen Whisky servierte, ohne Wasser und nur mit Eis. »My name is William Seabrook«, sagte der Fremde mehr zu sich selbst als zu den Besuchern des Cafés, »William B. Seabrook, to be exact.« Aber Sybille hatte weder Zeit noch Lust, herauszufinden, was sich hinter dem Buchstaben B. verbarg, und beschloss, die Beantwortung dieser Frage auf später zu verschieben: Die wenigen Ausländer, die es nach Sanary verschlug, liefen einander ohnehin ständig über den Weg.

In diesem Augenblick hielt ein Peugeot-Cabriolet am Straßenrand, der Chauffeur öffnete den Wagenschlag, und eine würdevolle Matrone, bei der es sich *nicht* um Madame Arnaud handelte, stieg mit gerafftem Rock aus dem Auto und betrat am Arm eines jungen Mannes, der ihr Sohn hätte sein können, das Café. Die südländisch wirkende Frau war älter als Madame Arnaud, und obwohl ihr mit blauem Blazer und Leinenhosen ausstaffierter Begleiter Sybille bekannt vorkam, blieb sie begriffsstutzig, bis es ihr wie Schuppen von den Augen fiel: Es war Klaus Mann, der Sohn des Literaturnobelpreisträgers, dessen Ankunft in Sanary die Zeitung *Le Provençal* gemeldet hatte. Während der von der Stockholmer Akademie gekrönte König der Literatur an seinem Joseph-Roman feilte – die Morgenstunden gehörten der Arbeit, und Thomas Mann war nicht bereit, von dem Obergefreiten aus Braunau seinen Tagesablauf stören zu lassen – führte Klaus Mann seine Mutter zu einem freien Caféhaustisch, nachdem er William Seabrook mit Handschlag begrüßt und die am Nebentisch sitzenden Gäste freundschaftlich umarmt hatte. Sybille kam es so vor, als habe er ihr im Vorbeigehen zugeblinzelt, aber das musste ein Irrtum gewesen sein, denn anders als sein berühmter Vater war Klaus Mann ein von Skandalen umwitterter Autor und bevorzugte, wie sie, das eigene Geschlecht.

2

»Es ist besser, wir sehen uns nie wieder«, sagte Madame Arnaud. »Mein Mann will nicht, dass Sie mich beim Einkaufen begleiten – nicht aus persönlichen, sondern aus politischen Gründen. Er meint, alle Deutschen, die diesen Sommer nach Sanary kommen, seien entweder Juden oder Antisemiten. Beide mag er nicht, obwohl oder weil er selbst jüdischer Herkunft ist.«

»Und was sagt Ihr Verehrer dazu?«

»Hervé ist ein dummer Junge – das wissen Sie doch. Er glaubt, Sie seien eine kommunistische Agentin, und hält die Briefe, die Sie mir zustecken, für chiffrierte Botschaften, deren Geheimcode er knacken will.«

»Und was glauben Sie selbst?«

»Ich denke, Sie spielen uns eine Komödie vor. Schließlich bin ich nicht blind, und mir ist nicht entgangen, wie ein elegant gekleideter junger Mann Ihnen verliebte Blicke zuwarf, die Sie lächelnd erwiderten. Worauf warten Sie noch – fahren wir los!«

Sybille kurbelte den Motor an und zwängte sich auf den Beifahrersitz, Madame Arnaud gab Gas und der Wagen machte einen Satz nach vorn, verfolgt von Hervé, der, mit einem Stangenbrot fuchtelnd, neben dem Auto herlief, aufs Trittbrett sprang und »elle court après les filles!« rief, so laut, dass jeder es hören konnte. Was damit gemeint war, und ob das Pronomen *elle* sich auf sie bezog oder auf Madame Arnaud, wurde Sybille nicht klar.

Statt, wie sonst, über Bandol nach Saint Cyr zu fahren, nahmen sie die Küstenstraße in Richtung Toulon. Auf halbem Weg, kurz hinter La Seyne, stoppte Madame Arnaud an einer einsam gelegenen Bucht. »Hier können wir ungestört reden«, sagte sie, während Sybille, den Picknickkorb balancierend, auf einem von Macchia-Gestrüpp überwucherten Pfad zum Strand herabstieg.

»Rotwein, Ziegenkäse und Oliven – alles, was das Herz begehrt«, seufzte sie und lehnte sich aufatmend an eine Felsklippe. »Nur Brot fehlt!« Doch Madame Arnaud war nicht nach einem Picknick zumute. Sie wollte wissen, wer der Adonis war, der Sybille schöne Augen gemacht hatte: Eine Jugendliebe, ihr Verlobter, ein Caféhausflirt oder eine zufällige Urlaubsbekanntschaft? Sybille spürte, wie sie rot wurde.

»Nichts von alldem. Ein begabter Schriftsteller, Sohn eines Nobelpreisträgers.«

»Und das soll ich glauben?«

»Es ist die Wahrheit, und Sie haben keinen Grund, eifersüchtig zu sein. Er liebt nur Männer, genau wie Sie!«

»Wer sagt Ihnen, dass ich Männer bevorzuge?«

Madame Arnaud knöpfte ihre Bluse auf und beugte sich über sie. Der Wind vom Meer trieb fein zerstäubte Gischt durch die Luft, ein Vorbote des Mistrals, der sich zu Sturmstärke steigern würde. Sie leckte ihr das Salz von den Lippen und küsste sie. Schon beim ersten Zungenschlag spürte Sybille, dass etwas Unerhörtes, nie Dagewesenes mit ihr geschah. Und hier, auf dem mit Seeigeln übersäten Strand, unter den Augen der Möwen, die aufgeregt den Picknickkorb umflatterten, wurde sie zum dritten Mal von einer Frau *erkannt* – um noch einmal das Bibelwort zu zitieren.

Das erste Mal war es in einem englischen Seebad passiert, das zweite Mal in einem Kloster in Oberitalien – aber das tat nichts zur Sache, weil diesmal alles anders war, ein schwer zu beschreibendes Gefühl, das sie aufwühlte und noch lange in ihr nachbebte. Madame Arnaud zog einen Fünfzig-Franc-Schein aus dem Portemonnaie, als bezahle sie eine Dienstleistung, und Sybille nahm das Geld an, weil es ihre verschwiegene Übereinkunft besiegelte und weil sie knapp bei Kasse war. Um die Nerven zu beruhigen, ließ sie sich im Café Chez Yvette absetzen und aß eine Meringue glacée. Für Wein und Käse war es noch zu früh, und sie hatte keine Lust, die Fragen des Liebhabers ihrer Mutter zu beantworten, ob sie noch immer Jungfrau sei. Wenn ja, fügte Frédéric jedes Mal in spöttischem Ton hinzu, sei er bereit, persönlich einzuspringen. Ihre Mutter habe nichts dagegen, sie habe ihn sogar gebeten, ihre Tochter aus dem Wartestand zu erlösen.

Die Anzüglichkeit der Franzosen war ihr genauso zuwider wie die Grobheit der Deutschen, und sie lieh sich Yvettes Fahrrad aus, um zu der auf der Steilküste gelegenen Villa Huley zu radeln, die eigentlich Villa Huxley hieß: Der Schildermaler hatte das X vergessen, und Aldous Huxley war so angetan von seinem neuen Namen, dass er das Schild unverändert beließ. Es war Zeit für den Five o'Clock Tea, und Sybille fühlte sich wohler in Gesellschaft des englischen Schriftstellers, dessen Bücher sie bewunderte, als unter deutschen Emigranten, die von morgens bis abends über Politik stritten.

Sie glaubte, sie habe sich in der Adresse geirrt, denn an Stelle von Huxley stand ein Bayer in der Tür, der mit schnarrendem Akzent englisch sprach. Es war der zu Geld gekommene Textiljude, den sie im Café hatte sitzen sehen. »My name is Feuchtwanger«, sagte er und drückte seinen feuchten Oberlippenbart auf die ihm entgegengestreckte Hand. »May I present you my friend Bertolt Brecht?«

Der Angesprochene kehrte ihr den Rücken zu. Er trug eine schwarze Lederjacke und war wie ein von Caspar David Friedrich gemalter *Mönch am Meer* versunken in den Anblick der Landschaft, deren Panorama sich zu seinen Füßen entrollte. Die Villa Huley lag in einem Pinienwald am höchsten Punkt der Steilküste, und der Rundblick war atemberaubend: Links der Hafen von Sanary, überragt vom eckigen Turm des Hôtel de la Tour, rechts die halbmondförmige Bucht von Bandol, dahinter der Himmel und das Meer, gleißend im Licht der tiefstehenden Sonne, das die Unterseiten der Wolken vergoldete. Und am äußersten Rand ihres Gesichtsfelds lag der Felsvorsprung mit dem steinigen Strand, wo Sybille ihren ersten Orgasmus erlebt hatte.

»Schau mir in die Augen, Kleines«, sagte Aldous Huxley, der mit einem Tablett voller Gläser auf die Terrasse trat. »Deine Pupillen sind unnatürlich geweitet – ich wette, du hast heute Sex gehabt. Das muss gefeiert werden. Was willst du trinken – Whisky, Champagner, Wein oder Bier? Oder lieber einen Dubonnet?«

Seit Huxley Freud gelesen hatte, redete er nur noch von Sex. Oder handelte es sich um ein Echo seines Buchs *Brave New World*, in dem die Befriedigung der Lust erste Bürgerpflicht, die Liebe aber von Staats wegen verboten war? Der in Sanary entstandene Roman war zum Bestseller avanciert und in alle Weltsprachen übersetzt worden.

»Ehrlich gesagt hätte ich lieber eine Tasse Tee.«

»Wo Bücher brennen, werden auch Menschen verbrannt«, meinte Feuchtwanger. »Ich bin kein Prophet, aber der zum Himmel gereckte Arm zeigt die Richtung an: Mit den Juden wird kurzer Prozess gemacht, und Deutschland geht vor die Hunde – ganz zu schweigen von Europa und seiner demokratischen Kultur!«

»Wenn ich das Wort Kultur höre, entsichere ich den Browning«, brummte Brecht. »Hat Goebbels das gesagt – oder war es Hanns Johst? Vielleicht hatte er recht, denn was du Demokratie nennst, ist die Diktatur des Kapitals. Hitler ist eine Marionette der Rüstungsindustrie, und wenn die ihn nicht fallen lässt, jagt die deutsche Arbeiterklasse den Anstreicher zum Teufel.«

»Und was halten Sie von Thomas Mann?« Sybille hatte diese Frage gestellt.

Erst jetzt nahm Brecht ihre Anwesenheit zur Kenntnis. Er examinierte sie von Kopf bis Fuß; in Gedanken streifte er ihr die Kleider vom Leib, und als er damit fertig war, nahm er die Brille ab, schloss die Augen und rezitierte ein Gedicht, leise, aber in schneidendem Ton, der Sybille an Goebbels erinnerte:

»Der Dichter gibt uns seinen Zauberberg zu lesen.
Was er (für Geld) da spricht, ist gut gesprochen!
Was er (umsonst) verschweigt: Die Wahrheit wär's gewesen.
Ich sag: Der Mann ist blind und nicht bestochen.«

»Darf ich die Verse zitieren?«

»Nein, das dürfen Sie nicht!«

Huxley schenkte die Gläser voll und prostete ihr zu, blinzelnd mit rot geäderten Augen, als gäbe es eine geheime Absprache zwischen Sybille und ihm, von der nur sie beide wussten.

3

»Feuchtwanger und Brecht haben ein Abkommen geschlossen, sich in der Öffentlichkeit gegenseitig zu loben«, sagte Klaus Mann. »Feuchtwanger schätzt meinen Vater, aber Brecht lässt kein gutes Haar an ihm. Er würde dafür zahlen, seine Werke verbieten zu lassen – das hat er selbst gesagt.«

»Und was halten *Sie* von Brecht?«

»Ein ekelhafter Mensch, aber ziemlich begabt – *leider*, wie mein Vater zu sagen pflegt!«

Die beiden saßen an der Bar des Café des Amis, aber statt des Milchkaffees trank Sybille einen *tisane* genannten Kräutertee, den die Witwe Schwob ihr empfahl. Sie fühlte sich verkatert nach der durchzechten Nacht, die in sinnlosem Streit geendet war, dessen Anlass sich nicht mehr rekonstruieren ließ. Sybille hatte schlecht geschlafen und wirr geträumt, doch aus den chaotischen Bildern ihres Traums schälte sich eine unmissverständliche Botschaft heraus: »Was du ererbt von deinen Vätern / erwirb es, um es zu besitzen«, hatte ihr verstorbener Vater gesagt, der Sybille seit seinem frühen Tod nicht mehr im Traum erschienen war, und ihr mit dem Zeigefinger gedroht: »Du bist keine Bedford, sondern eine geborene von Schönebeck!« Noch im Halbschlaf wurde ihr die Bedeutung des Traums klar: Sie war keine Engländerin, sondern Deutsche, auf Gedeih und Verderb verbunden mit dem Schicksal des Landes, von dem sie nichts mehr hatte wissen wollen, und sie musste sich mehr, als ihr lieb war, einlassen auf deutsche Literatur und Politik. Wie zur Bestätigung überbrachte der Postbote einen Brief aus der Schweiz, in dem ihre Mutter die Rückkehr nach Sanary ankündigte und wissen wollte, was während ihrer Abwesenheit passiert war – am meisten interessierte sie der neueste Gesellschaftsklatsch.

Sybille protestierte nur schwach, als Katia Mann sich unaufgefordert zu ihr setzte und sie in ein Gespräch verwickelte, in dem es um die Suche nach einer geeigneten Unterkunft für Thomas Mann und die Seinen ging – ein Haus mit Meerblick in Sanary, Bandol oder Saint Cyr. »Es gibt viele leerstehende Villen an der Côte d'Azur, darunter das eine oder andere interessante Objekt«, sagte Sybille, als sei sie eine professionelle Maklerin. »Aber ich kann nichts versprechen.« Sie stand abrupt auf und verließ, ohne zu bezahlen, die Bar, vor der Madame Arnaud aus dem Auto stieg, eskortiert von Hervé, der ihren Einkaufskorb trug.

»Wieso verfolgen Sie mich«, zischte Madame Arnaud, ohne ihr ins Gesicht zu sehen. »Zwischen uns ist nichts gewesen, verstehen Sie!« Sybille zuckte zurück, als träfe sie ein elektrischer Schlag, aber sie war geistesgegenwärtig genug, ein am Vorabend geschriebenes Billet in den mit Obst gefüllten Korb zu stecken; erst später bemerkte sie, dass es sich um die Rechnung des Cafés handelte, auf deren Rückseite Klaus Mann seine Telefonnummer gekritzelt hatte.

Sie fuhr mit dem Fahrrad nach La Seyne und kletterte über die Steilküste zum Strand hinab. Bei jedem Schritt löste sich Geröll, das knisternd und stäubend den Hang herabrollte, und um das Gleichgewicht nicht zu verlieren, krallte Sybille sich an einem Macchia-Busch fest. Weil sie keinen Badeanzug bei sich hatte, schwamm sie nackt im Meer. Die Kühle des Salzwassers tat ihr gut, und sie ließ sich von den Wellen treiben, weit und immer weiter hinaus. Am liebsten wäre sie nicht mehr an Land zurückgekehrt, aber die zirkuläre Strömung trug sie zu ihrem Ausgangspunkt zurück und deponierte sie genau an der Stelle, wo sie in Madame Arnauds Armen gelegen hatte. Sybille trat in einen Seeigel und stieg mühsam hinkend, mit blutenden Zehen, den Pfad hinauf. Auf dem Rückweg hielt sie bei ihrer Freundin Yvette, der Inhaberin des Eissalons, um das geliehene Fahrrad zurückzugeben. Yvette verarztete sie; mit der Pinzette entfernte sie die Seeigelstacheln aus Sybilles Fuß und desinfizierte die offene Wunde mit Jod.

Eine Stunde später saß Sybille fröstelnd im Café des Amis und wärmte sich an heißem Zitronensaft, den die Witwe Schwob ihr servierte. Sie wollte ihre Schulden begleichen, aber die Wirtin behauptete, die Zeche sei schon bezahlt. »Ich habe eine Nachricht für Sie«, setzte sie mit gedämpfter Stimme hinzu. Madame Arnaud lässt ausrichten, sie bedaure ihre harschen Worte von heute früh. Sie muss Sanary verlassen und kehrt zusammen mit ihrem Gatten nach Toulon zurück. Die Villa La Tranquille wird vermietet an das Ehepaar Mann. Der Nobelpreisträger hat das Haus besichtigt, und es war Liebe auf den ersten Blick. Der Vertrag ist unterschrieben, und die Manns beziehen demnächst ihr neues Domizil.

Sybille wusste nicht, ob sie lachen oder weinen sollte. Sie blickte sich hilfesuchend um, aber bis auf einen anonymen Alkoholiker an der Bar war das Café leer. Der einsame Trinker kehrte ihr den Rücken zu. Er starrte teilnahmslos vor sich hin, und erst bei genauem Hinsehen begriff sie, dass es sich um den exzentrischen Engländer handelte, der ihr am Tag zuvor begegnet war. Oder war der Typ Amerikaner?

Er trug eine Sportjacke, auf deren Rückseite sein Name gestickt war, als sei er ein Radrennfahrer, ein Tenniscoach oder ein Theaterregisseur: W. B. Seabrook. Die vom Schädel abstehenden Ohren wirkten wächsern und durchsichtig, und nur ein aus der Ohrmuschel sprießendes Haar, das sich im Luftzug kräuselte, wies darauf hin, dass kein Toter, sondern ein lebendiger Mensch auf dem Barhocker saß. Sybille fühlte eine Woge von Mitleid in sich hochsteigen, kein Selbstmitleid und auch keinen Liebeskummer, sondern echte Empathie. Sie trat von hinten an ihn heran, tippte ihm auf die Schulter und fragte, ob er Künstler oder Schriftsteller sei und wofür der Buchstabe B. in seinem Namen stehe.

»William Buehler Seabrook«, sagte der Fremde, ohne den Kopf zu wenden, und im Spiegel über der Bar sah Sybille das Kainszeichen, ein auf die Stirn gemaltes Kreuz, wie es gläubige Katholiken an Aschermittwoch tragen, um Vergebung für ihre Sünden zu erbitten.

»Mein Vater war ein irischer Alkoholiker, meine Mutter stammt aus dem Schwarzwald. Haben Sie schon mal von der Bühler Höhe gehört? Dort habe ich nach dem Krieg das Lungenleiden kuriert, das ich mir bei einem Gasangriff in den Schützengräben von Verdun zugezogen hatte. Aber das ist alles *history*, wie mein verstorbener Vater zu sagen pflegte.«

Trotz Sybilles Protest orderte Seabrook eine Runde Scotch und signalisierte mit kreiselnder Handbewegung, dass die Bestellung auf seine Rechnung ging.

»Ich war immer auf der Flucht«, fuhr er fort. Mit zwölf Jahren lief ich von zu Hause weg und wollte Pirat werden, mit sechzehn wurde ich zum Hobo, der auf fahrende Züge sprang, und trampte kreuz und quer durch die USA. Dann ging ich freiwillig in den Krieg. Später besuchte ich West- und Ostindien, lebte in einem Voodoo-Tempel auf Haiti und in einem Derwischkloster in Turkestan, immer auf der Flucht vor mir selbst, und schlug mich durch nach Timbuktu, wo ich mir den Fuß verstauchte. Das tat höllisch weh, und um den Schmerz zu betäuben, griff ich zur Flasche. *Qui a bu, boira!* Der Whisky ist ein Geschenk des Himmels, gefährlich wie alle Gottesgaben, für mich aber ein tödliches Gift. Doch ich habe Ihre Frage nicht beantwortet: Ich bin ein nomadisierender Schriftsteller, der vom Ertrag seiner Bücher lebt. Auf Ihr Wohl – *cheers*!«

4

Der Einzug der Familie Mann in die Villa La Tranquille verzögerte sich um zwei Wochen. So lange dauerte es, bis ein neuer Heißwasserboiler ins Bad eingebaut und eine Kiste mit Büchern und Manuskripten eingetroffen war, die Thomas Mann dringend benötigte: Nicht die Behörden des Dritten Reichs – der französische Zoll hatte die Sendung zurückgehalten. Getreu seiner Devise, keinen Tag ungenutzt verstreichen zu lassen und die Morgenstunden der literarischen Arbeit zu widmen, schrieb der Nobelpreisträger weiter an seinem Joseph-Roman. Nach einer Stockung, die mit Darmbeschwerden zusammenfiel, verursacht durch ungewohntes Olivenöl, schritt die Arbeit so gut voran, dass Thomas Mann beschloss, einen in seiner Münchner Zeit geübten Brauch wiederzubeleben: Zur Einweihung seines neuen Domizils lud er Freunde und Bekannte aus Sanary und Umgebung ein, um ein unveröffentlichtes Kapitel aus dem Joseph-Roman vorzulesen und Gästen wie Weggefährten sein neues Werk vorzustellen. Damit schlug er zwei Fliegen mit einer Klappe: Die Nachfeier seines Geburtstags, den er, auf gepackten Koffern sitzend, in einem Hotel begangen hatte, und die Widerlegung in Nazi-Deutschland kursierender Gerüchte über ein Nachlassen seiner Kreativität, bedingt durch ständige Wohnungswechsel im Exil. Diesen Triumph wollte er Goebbels nicht gönnen, der die aus Deutschland emigrierten Schriftsteller als dekadent und literarisch wertlos diffamiert hatte.

»Amsterdam, Brüssel, Paris, Arosa, Lenzerheide, Lugano, Basel, La Roche Fleurie, Bandol, Sanary – all das in einem halben Jahr«, sagte Thomas Mann zu seiner Frau Katia, die mit Bleistift und Radiergummi die Gästeliste durchging und wissen wollte, ob Bertolt Brecht eingeladen werden sollte. »Alle sind eingeladen: Freunde, Feinde und Unbeteiligte – einschließlich Monsieur Brecht. Und ich lege Wert darauf, dass mein Bruder sich von Nizza aus in Marsch setzt – ohne das alkoholisierte Weibsstück, mit dem er Tisch und Bett teilt!«

5

Ganz Sanary war auf den Beinen, vom Bürgermeister bis zum Sohn des Fischers, der Sybille aufs Meer hinausgerudert hatte, und viele, die nicht eingeladen waren, standen an der Einfahrt Spalier, um einen Blick über die Mauer zu werfen in den mit Lampions geschmückten Garten, wo ein Dienstmädchen in gestärkter Bluse Erfrischungen kredenzte. Katia Mann hatte den Geflügelsalat zubereitet, der nach der Lesung gereicht wurde, und die Witwe Schwob steuerte Würstchen mit Kartoffelsalat bei. Alle waren gekommen: Heinrich Mann, dessen Lebensgefährtin Nelly im Hotel ihren Rausch ausschlief, Klaus Mann und seine aus Holland angereiste Schwester Erika, nicht zu vergessen Brecht und Feuchtwanger, Aldous Huxley mit Frau und William B. Seabrook, der zur Feier des Tages eine Krawatte trug und ausnahmsweise nüchtern war.

Nur Madame Arnaud ließ sich wegen mangelnder Deutschkenntnisse entschuldigen. Dafür war ihr Mann gekommen, begleitet von seinem Nebenbuhler Hervé, der sich selbst eingeladen hatte, um Erkundigungen über die Gäste einzuziehen, wie Sybille mutmaßte. Und in buchstäblich letzter Minute sagte sich ihre Mutter an, die den Manns vor Jahren in München begegnet war und, um rechtzeitig in Sanary zu sein, am Bahnhof von Toulon ein Taxi nahm, das sie eine halbe Stunde später vor der festlich beleuchteten Villa absetzte.

»Willkommen in unserem neuen Domizil«, sagte Thomas Mann zu Sybilles Mutter, die mit einem Blumenstrauß dem Taxi entstieg, und seine Frau Katia fügte hinzu, der Erfolg bei der Wohnungssuche sei Sybilles Verdienst: *Sie* habe den Kontakt zu der Vermieterin vermittelt, die ihnen die Villa zum Freundschaftspreis überlassen habe. »Seit wann bist du mit Madame Arnaud befreundet?«, fragte die Mutter mit hochgezogenen Augenbrauen. »Und wieso betätigst du dich als Immobilienmaklerin?« Sie sah ihre Tochter prüfend von der Seite an. »Darüber könnte ich Ihnen einiges erzählen«, sagte Hervé, der sich unaufgefordert ins Gespräch mischte und, wie Sybille erstaunt feststellte, fließend deutsch sprach. Dann wurde ihre Aufmerksamkeit von Wichtigerem in Anspruch genommen.

Flankiert von seinem älteren Bruder, nahm Thomas Mann an dem mit grünem Samt bespannten Spieltisch Platz, der ihm als Schreibtisch diente, während sich die Gäste auf die bereitgestellten Stühle verteilten:

Die erste Reihe war für Mitglieder der Familie Mann, die zweite für Schriftsteller und deren Begleiterinnen reserviert: Lion und Marta Feuchtwanger, Brecht und Therese Giese, Huxley mit seiner Frau und William Seabrook, der Sybille bat, ihm bei der Übersetzung behilflich zu sein, weil er besser französisch als deutsch sprach.

»Bevor ich Sie einlade, mir ins Land der Erzväter zu folgen«, sagte Thomas Mann, während seine Tochter Erika ihm mit feierlicher Geste das Typoskript des Joseph-Romans überreichte, dessen ersten Teil er soeben beendet hatte, »bevor ich Sie in jene ferne Zeit entführe, als Gott noch unter den Menschen weilte, wird mein Bruder Heinrich Sie informieren über eine unheimliche Begegnung der besonderen Art.«

»Was soll das heißen«, warf Brecht ein, der Aufforderung folgend, ungeniert Zwischenfragen zu stellen und das Gehörte, wie Katia Mann vorschlug, »frei von der Leber weg« zu kommentieren.

»Eine Begegnung mit Außerirdischen«, sagte Huxley, der als einziger Anwesender etwas von Science-Fiction verstand, »wie zum Beispiel die Landung einer fliegenden Untertasse.«

Gelächter und Beifall.

»Ganz so war es nicht«, meinte Heinrich Mann und signalisierte seiner rothaarigen Freundin, die schwankend in der Tür stand, sich zu setzen – ein Anblick, der

Sybille an den Film *Der blaue Engel* erinnerte, denn in seinem abgewetzten Frack wirkte der ältere Mann-Bruder wie Professor Unrat, der sich in Marlene Dietrich verliebt. »Ich schlenderte durch Nizza«, fuhr er fort, »als mir auf der Promenade des Anglais der Leibhaftige entgegenkam in Gestalt von Hermann Göring: Nicht in Paradeuniform – den Marschallstab hatte er im Tornister gelassen – sondern im weißen Sommeranzug. Göring zog den Hut und begrüßte mich freundlich, fast jovial. ›Sagen Sie Ihrem Herrn Bruder‹, trug er mir auf, ›dass er die ihm zustehenden Tantiemen überwiesen bekommt – dafür habe ich persönlich gesorgt – und dass er jederzeit heimkehren kann ins Reich. Deutschland ist stolz auf seinen Nobelpreisträger!‹

›Und was wird aus dem Haftbefehl, den Polizeichef Heydrich gegen mich ausgestellt hat? Was ist mit der Verbrennung meiner Bücher und dem Entzug meiner Staatsbürgerschaft?‹

›Das sind Gräuelmärchen, Propagandalügen, die nicht mal die Judenpresse glaubt. Wer sich zum Deutschtum bekennt, hat nichts zu befürchten bei uns. Das gilt auch für Sie, Herr Mann. Über Ihren *Blauen Engel* hat der Führer sich köstlich amüsiert. Ein Meisterwerk! Wenn Sie Probleme haben oder Hilfe benötigen, wenden Sie sich vertrauensvoll an mich!‹«

»Kaum glaubhaft, aber wahr«, sagte Thomas Mann. »Aber ich muss gestehen, dass auch ich nicht frei von nationalistischen Anfechtungen und antisemitischen

Vorurteilen war. Um Zeit zu gewinnen, versuchte ich, den offenen Bruch hinauszuzögern und den Ereignissen einen positiven Sinn abzugewinnen. Doch der Preis war zu hoch, und die Rückkehr nach Deutschland ist unmöglich für mich. Schon allein der menschliche Anstand verbietet es. Ein Krieg ist unvermeidlich, kein Bürgerkrieg, sondern ein Weltkrieg, und ich begehre, um mit Matthias Claudius zu sprechen, nicht schuld zu sein an dem, was geschehen ist und noch geschehen wird!«

»Mein Bruder hat recht«, rief Heinrich Mann und schlug wie ein Skatspieler, jedes Wort skandierend, mit flacher Hand auf die Tischplatte. »Oder hat er etwa nicht recht?«

»Nein«, raunzte Feuchtwanger in die sich ausbreitende Stille hinein. »Die Menschheit stand immer schon am Abgrund, und jede Zivilisation ist artifiziell. Wir Schriftsteller übertreiben unser Unglück – das ist verständlich, aber verkehrt!«

»Ich weiß, wovon er spricht«, sagte William B. Seabrook, dessen Wortmeldung Sybille ins Deutsche übertrug, »denn in Afrika habe ich Menschenfleisch gegessen: Es schmeckt – wie soll ich sagen – wie frisch geschlachteter Ziegenbock, ohne den Hautgout von Wild oder Lamm!«

Brecht wollte wissen, ob Seabrook den Braten selbst geschossen oder beim Metzger gekauft habe, doch Katia Mann beendete den Disput und leitete zur Lesung über mit dem Satz, Politik polarisiere, Literatur dagegen fördere das gesellige Beisammensein.

»Ich hoffe, der Text hat Ihnen gefallen«, sagte Sybille nach der Lesung zu Bertolt Brecht, der lustlos in einer Schale mit Geflügelsalat herumstocherte. Sie selbst war tief beeindruckt, aber Brecht schien anderer Meinung zu sein. »Vier Jahrtausende blicken auf uns herab. Wissen Sie, wer das gesagt hat? Napoleon, als er der Sphinx von Gizeh gegenüberstand. Oder war es die Cheops-Pyramide?« – »Warum sind Sie so sarkastisch?«

»Weil ich Kartoffelsalat vorziehe. Thomas Mann spielt den Zuchtmeister, der Deutschland doppelt abstrafen lässt: Zuerst wird es von den Nazis gepeinigt bis aufs Blut, hinterher in Schutt und Asche gelegt. Und all das, weil das deutsche Volk die Romane des Meisters nicht liest. Auch ich habe mich dieser Todsünde schuldig gemacht!«

6

William B. Seabrook nahm Rache an Bertolt Brecht, der ihn, wie er glaubte, öffentlich bloßgestellt hatte, und ersann einen Mordplan. Genau genommen war es ein *Ouanga à mort* – ein todbringender Voodoo-Fluch: Seabrook hatte in Haiti gelernt, wie so etwas funktioniert. Drei Tage später, als Brecht und Feuchtwanger auf Aldous Huxleys Terrasse standen und dem Haus den Rücken zukehrten, um den Sonnenuntergang zu bewundern, setzte sich der im Hof geparkte Citroën von selbst in Bewegung und rollte auf den Abgrund zu. Der Wagen hätte beide in den Tod gerissen, doch Sybille war geistesgegenwärtig zur Stelle, und es gelang ihr, den Citroën in die Garage zu lenken. Dabei wurde sie zwischen Autotür und Garagentor eingeklemmt und brach sich den Fußknöchel. Brecht, der in München Medizin studiert und während der Novemberrevolution als Sanitäter gearbeitet hatte, schiente ihren lädierten Fuß und brachte sie ins Seemannshospital nach Toulon. Madame Arnaud schickte Blumen, aber nach der Genesung wurde Sybille von ihrer Mutter nach England zurückbeordert, um die größtmögliche Distanz zwischen Madame Arnaud und ihre Tochter zu legen.

Monsieur Arnaud reichte die Scheidung ein und wurde elf Jahre später aus dem von der Wehrmacht besetzten Frankreich nach Theresienstadt deportiert – dort verliert sich seine Spur. Madame Arnaud heiratete in zweiter Ehe ihren Verehrer Hervé, der unter dem Vichy-Regime Karriere machte. Er war die rechte Hand von Klaus Barbie, bekannt geworden als Schlächter von Lyon, aber im Barbie-Prozess wurde er aus Mangel an Beweisen freigesprochen. Ein angeblich geistig verwirrter Mann erschoss ihn an der Türschwelle seiner Pariser Wohnung als Vergeltung für die Deportation seiner jüdischen Ehefrau. In einem Gutachten für die französische Fremdenpolizei hatte Hervé Brecht als Nazi-Sympathisanten bezeichnet und Thomas Mann als Deutschnationalen, der seine reaktionäre Gesinnung mit humanitären Phrasen tarne.

Bertolt Brecht und Thomas Mann trafen sich in Santa Monica wieder, doch ihr Verhältnis blieb genauso frostig wie in Berlin, München und Sanary. Brecht schrieb einen offenen Brief an Thomas Mann und bat ihn unter Hinweis auf sein internationales Prestige, einen Aufruf gegen Hitler zu unterzeichnen, der von allen Fraktionen des Exils getragen wurde. Obwohl er den Antikommunismus zur Grundtorheit der Epoche erklärt hatte, weigerte Thomas Mann sich, den Text zu unterschreiben, weil er Brecht für einen in der Wolle gefärbten Stalinisten hielt, der die Naziherrschaft durch eine kommunistische Diktatur ersetzen wolle.

Nach seiner Rückkehr in die USA wurde William B. Seabrook in die Trinkerheilanstalt Bloomingdale eingewiesen, wo es ihm gut gefiel. Er schrieb ein Buch über seine Entziehungskur und wurde geheilt entlassen. Sechs Monate später nippte er an einem Sherry, dann an einem Bier: Es gab kein Halten mehr, und er trank mehr denn je zuvor. Seine Frau reichte die Scheidung ein wegen Alkoholismus, Sadismus und Satanismus, was immer sich hinter diesen Worten verbarg, und im September 1945, zwölf Jahre nach seiner Begegnung mit Bertolt Brecht und Thomas Mann, erhängte sich William B. Seabrook am Fensterkreuz seines Apartments am Washington Square in New York.

Am 20. Mai 1949 beendete Klaus Mann, zerrüttet durch homosexuelle Eskapaden, Drogen und Alkohol, sein Leben mit einer Überdosis Schlaftabletten in Cannes, anderthalb Autostunden von Sanary entfernt. Thomas Mann starb hoch betagt und hoch geehrt

1955 in Küsnacht bei Zürich, Bertolt Brecht im Jahr darauf in der Berliner Charité, nachdem er in Moskau den Stalin-Preis entgegengenommen und Chruschtschows Geheimrede über die Verbrechen Stalins im RIAS gehört hatte.

Sybille Bedford hat die Protagonisten ihres Romans überlebt. Fünfzig Jahre später erinnerte sie sich an Sanary und schrieb, Räume und Zeiten überbrückend, durch Gedächtnislücken entstellt und verzerrt, auf, was sie im Sommer 1933 gehört, gesehen und erlebt hatte, eine wahre Geschichte, deren Einzelheiten historisch verbürgt, die aber trotzdem frei erfunden war.

ZWEITES BUCH

GOTT IN FRANKREICH

»Ein Spiegel sah seinen Besitzer altern und wurde blind ...«
(Sigmar Schollack)

1

Der Tag fing gut an: Strahlender Sonnenschein, Tautropfen glitzerten im nassen Gras, in dem Judith Yogaübungen machte, der Wald dampfte und der Berg mit dem Gipfelkreuz und der Eremitenklause sah frisch gewaschen aus.

»Wildsäue bringen Glück«, dachte Buch beim Anblick einer Rotte Wildschweine, die im Schweinsgalopp die Straße überquerten, vorneweg der Eber und die Bache, gefolgt von drei oder vier Frischlingen. Ein Schuss knallte, kurz und trocken wie ein Sekundenkracher, und erst jetzt wurde ihm klar, dass die Wildschweine um ihr Leben liefen - dabei war kein Jäger in Sicht. Wegen des schönen Wetters beschloss er, den Aufstieg um einen Tag zu verschieben und stattdessen an die Küste zu fahren, mit der ihn Jugenderinnerungen verbanden. Judith war sofort einverstanden, denn in einer kaum noch vorstellbaren Vergangenheit hatte sie zusammen mit ihm an der Côte d'Azur Urlaub gemacht und zum ersten Mal unter Palmen gesessen, Ricard getrunken und Feigen gepflückt – Wunderdinge, die es in der DDR nicht gab, aus der sie kurz vor dem Mauerbau geflohen war. Ein Menschenalter war das jetzt her, und Buch hatte den Frankreichurlaub mit seinem ersten Honorar finanziert, einem Essay über Ian Fleming, dessen James-Bond-Romane er in seiner Hinterhofwohnung in Berlin-Wilmersdorf im Original gelesen und kritisch durchforstet hatte. Für nur zweihundert Mark – damals viel Geld – hatte er einen gebrauchten VW gekauft, denn im Unterschied zu Judith war die Côte d'Azur für Buch ein Déjà-vu: Als Jugendlicher war er am Strand von Cassis mit der Luftmatratze aufs Meer hinausgepaddelt, um seiner heimlichen Liebe, einer Mitschülerin namens Martine, die auf der Terrasse ihrer Ferienwohnung in der Sonne lag, vom Wasser aus zuzuwinken. Ein paar Kilometer weiter, in La Ciotat, hatte er seinen Vater zum ersten und letzten Mal betrunken gesehen, nach einem Besuch beim Pastis-Fabrikanten Monsieur Ricard, der das diplomatische Corps in seinem Inseldomizil mit Wein und Champagner, Cognac und Likör bewirtete. Die Ferienwohnung in Les Lecques war hellhörig, und nachts hatte H. C. Buch sich schlafend gestellt und ein Kissen an die Ohren gepresst, um nicht mit anhören zu müssen, wie sein Vater und seine Mutter sich zuerst stritten und dann »Liebe machten« zur Beilegung eines Ehestreits oder Ehestreiks, auf dessen Höhepunkt seine Mutter den Vater angefleht hatte, nach Bonn zurückzukehren, weil sie sich überfordert fühlte durch den Diplomatenjob.

2

Solche Erinnerungen gingen Buch durch den Kopf, während Judith die Lichthupe betätigte und den gemieteten Citroën in eine Rechtskurve lenkte, auf die eine scharfe Linkskurve folgte, vorbei an einem Verkehrsschild, das vor Steinschlag warnte. Er dachte daran, dass ein Auto mit deutschen Urlaubern an der Einfahrt in den Gotthard-Tunnel von einem Felssturz begraben worden war: Keine bloß hypothetische Gefahr – die Fahrbahn war mit Gesteinsbrocken übersät, die Judith im Slalom umfuhr. Aus dem Abgrund zur Linken wallte Nebel, der die Sicht versperrte und wie ein Leichentuch die Straße verhüllte, und er dachte an das Turiner Grabtuch mit dem Abdruck der Wundmale Jesu, um dessen Echtheit sich die Experten stritten. Judith hatte seine Gedanken erraten und meinte, während sie eine Parkbucht ansteuerte, die Datierung habe ergeben, dass das Tuch aus dem dreizehnten Jahrhundert stamme und von Kreuzrittern aus einem Kloster in Konstantinopel geraubt worden sei.

Sie hockte sich auf den Moosboden, um Wasser zu lassen, und er trat zwei Schritte vor, nestelte an seiner Hose und pinkelte in den Abgrund hinein – ein grauhaariges Manneken Pis mit schütterem Strahl, den der Nebel verschluckte. Judith warf einen Stein in die Schlucht, ohne dass ein Aufschlag zu hören war, kein Laut drang an Buchs Ohr, und ein Vers aus einem Gedicht Albrecht von Hallers fiel ihm ein: »Zwei Gemsen sehn erstaunt, im Himmel Ströme fließen / aus Wolken überm Kopf in Wolken zu den Füßen.« Dazu hatte

Lessing angemerkt, dass Gemsen keine Füße hätten und auch nicht staunen könnten, und Haller hatte die Gemsen durch Wanderer ersetzt.

H. C. Buch war ein *poeta doctus*, genauer gesagt, er war gelehrt, aber kein Dichter, und Judith hatte sich darüber mokiert, dass er statt aus Blutgefäßen und Nerven nur aus Zitaten bestünde, um sich auf alles und jedes seinen Reim zu machen. So auch jetzt, als der Nebel sich verzog und der Azur des Himmels sich im Lapislazuli des Meeres spiegelte, das wie ein Diadem zwischen den Bergen hervorblitzte, ein Anblick, bei dem Buch außer Rand und Band geriet: »Thalatta, thalatta«, schrie er mit vor Begeisterung überschnappender Stimme wie das griechische Heer bei Xenophon, und ein Schwall von Beiwörtern brach aus ihm hervor: »O mare nostrum, ô Méditerranée mit spitzem Dach auf dem O! O blaues Wunder, o Wanne ohne Stöpsel, o tertiäre Faltung, die sich zum Becken weitete und voll Salzwasser lief!«

»Aufhören«, rief Judith, »bitte aufhören«, und hielt ihm lachend Mund und Nase zu.

3

Obwohl er den Autoverkehr zu einer innerfranzösischen Angelegenheit erklärt hatte, in die er sich nicht einmischen wollte, setzte Buch sich ans Steuer, und trotz Judiths Ermahnungen, die Eindrücke auf sich einwirken zu lassen, statt sie zu zerreden, kommentierte er jede Reklametafel, jeden Ortsnamen und jede Entfernungsangabe mit einem wie Bachgemurmel plätschernden Redestrom. In Cassis hatte er zum ersten Mal Cassis getrunken und sich gefragt, ob die Stadt nach dem Likör benannt sei oder umgekehrt; in Les Lecques hatte er die Landung des Astronauten Neil Armstrong auf dem Mond im Fernsehen gesehen, *live*, wie er betonte, und so weiter und so fort. Seine Mitteilungen waren von entwaffnender Banalität, und erst als er nicht mehr von sich, sondern von anderen sprach, horchte Judith auf: Nicht weit von hier, bei der Belagerung von Toulon, hatte ein aus Korsika stammender Artillerieoffizier namens Bonaparte sich ehrenvoll ausgezeichnet, und in Anspielung auf dessen Namen hatte ein italienischer Autor namens Kurt Suckert sich umbenannt zu Curzio Malaparte. Und hier – er zeigte auf eine von Pinien beschattete Villa, an deren Tor eine Hinweistafel hing – hatte eine geistesgegenwärtige junge Frau 1933 einen Unfall verhindert, der die Literaturgeschichte in andere Bahnen hätte lenken können.

Von all dem hatte Buch nichts gewusst, als er Anfang der sechziger Jahre, anknüpfend an seine Marseiller Zeit, zum ersten Mal Sanary besuchte. Von Bonn und später von Berlin aus fuhr er in den Ferien immer wieder dorthin, per Anhalter, mit der Bahn, zuletzt im eigenen Auto. Doch statt für Bertolt Brecht, Arnold Zweig oder Heinrich Mann schwärmte er für Französinnen namens Martine oder Danielle, mit denen er auf *La Boum* genannten Partys Cha-Cha-Cha,

Rock'n'Roll und Twist tanzte. Beim Blues wurden die Lichter gelöscht, und der Penis unter seinen Jeans stand stramm wie ein napoleonischer Grenadier, während Martine, Nicole oder wie die Teenager hießen, ihre flachen Bäuche an seiner Gürtelschnalle rieben. Mit sechzehn sah Buch aus wie ein Dandy, schürzte die Lippen wie Elvis und lief den Sommer über in Bastschuhen herum – ähnlich wie die Baskenmütze damals Kennzeichen einer Künstlerexistenz. Er trug ausgefranste Jeans, Blazer mit goldenen Knöpfen, gestreifte Nickis oder Polohemden von Lacoste, dazu eine Sonnenbrille, und um sich einen intellektuellen Anstrich zu geben, rauchte er Pfeife und las Camus. Lieber als Beethovens Neunte hörte er die gestopfte Trompete von Miles Davis, und mehr als *Freude schöner Götterfunken* begeisterte ihn die Musik des Films *Fahrstuhl zum Schafott*. Schon bei den ersten Takten von *Jailhouse Rock* oder *Heartbreak Hotel* zuckten seine Knie, und beim Anhören von *One night with you* bekam er eine Erektion. Boris Vian war ihm wichtiger als Roger Martin du Gard, in dessen dickleibigen Romanen Martine am Strand schmökerte, und das Lied *Monsieur le Président*, mit dem Boris Vian dem Regierungschef seine Gefolgschaft aufkündigte, hatte er auswendig gelernt. Später, mit achtzehn, als die Liebe zur Literatur die Liebe zum Jazz verdrängte, hießen seine Lieblingsautoren Franz Kafka, Robert Walser und Robert Musil – nicht Bertolt Brecht, Arnold Zweig oder Heinrich Mann, an die sich ältere Einwohner von Sanary noch erinnerten, auch nicht Lion Feuchtwanger, Alfred Kantorowicz, Hermann Kesten, Arthur Koestler, Erika und Klaus Mann, Ludwig Marcuse, Joseph Roth,

Franz Werfel, Friedrich Wolf oder Stefan Zweig – die Namensliste auf der bronzenen Gedenktafel am Hôtel de la Tour ergab ein *Who is who* des antifaschistischen Exils.

4

Es war Mitte November, aber trotz der vorgerückten Jahreszeit brannte die Sonne so heiß wie im Sommer. Sie parkten den Wagen am Rand eines Pinienhains, in einer für den Durchgangsverkehr gesperrten Sackgasse, die an der Steilküste endete, und Buch lief vorweg, einen gefüllten Picknickkorb auf der Schulter, der – in Erinnerung an frühere Ferien – einen einfachen, aber schmackhaften Imbiss enthielt: Brot und Wein, schwarze und grüne Oliven, Ziegenkäse und Pâté. Nur ein Korkenzieher fehlte, weil das Schweizermesser, das er sonst immer bei sich trug, im Flugzeug als Mordwaffe galt, mit der man Stewardessen die Kehlen durchschneiden und Piloten zur Landung zwingen konnte. Er ignorierte ein Warnschild, das Unbefugten das Betreten der Steilküste verbot, und signalisierte Judith, ihm zu folgen. Die Absperrung war leicht zu umgehen, und sie waren nicht die Ersten hier: Ein gewundener Weg schlängelte sich zwischen Disteln und Macchia-Gestrüpp zum Meer, aber anders als vor dreißig Jahren war der Trampelpfad nicht mit Kondomen und Glasscherben gesprenkelt – auch Kippen waren eine Seltenheit. Früher hatten Anwohner und Touristen die Steilküste als Abfallhalde missbraucht, um Autowracks und Kühlschränke zu entsorgen, aber Sonne, Wind und das Salz vom Meer hatten den Zivilisationsmüll in seine chemischen Bestandteile zerlegt, und die Klippen sahen so jungfräulich aus wie am ersten Schöpfungstag.

Buch rollte sich die Hosenbeine hoch, um barfuß ins Meer zu waten, aber er hatte nicht bedacht, dass die Dünung rhythmisch auf- und wieder abschwoll: Alle zehn bis zwölf Sekunden türmte die Brandung sich zu größerer Höhe empor und durchnässte ihn bis aufs Hemd. In jüngeren Jahren hätte er sich mit einem Kopfsprung in die Wellen gestürzt, ungeachtet der Gefahr, gelähmt im Rollstuhl zu enden, aber das Wasser war zu kalt, und auf den vom Meer umspülten Felsen klebten Muscheln und Seeigel, an denen man sich Hände und Füße aufschrammte. Durch Schaden klug geworden, hängte er sein Hemd zum Trocknen auf und wärmte sich in der Sonne, während Judith in tosender Gischt auf einem Steinblock das Essen anrichtete. Die Seeluft weckte den Appetit, und Buch tunkte Baguettebrot in eine Schale Olivenöl, während Judith auf einen Kormoran deutete, der auf einem Felsvorsprung die Flügel spreizte. Keiner von beiden achtete auf zwei Möwen, die sie in elliptischen Bahnen umzirkelten und von oben herabstießen, um das mit Öl getränkte Brot zu stibitzen, was ihnen auch gelang. Erst jetzt bemerkte Buch Bruchstücke von Kacheln an der Steilwand, unter der Judith saß, neben einem aus dem Boden ragenden, löchrigen Abflussrohr – letzter Überrest der Küche oder des Badezimmers einer in die Felsküste gebauten Villa. Vielleicht hatte William B.

Seabrook hier gewohnt, der Voodoo-Forscher und Amateur-Ethnologe, der sich damit brüstete, in Afrika Menschenfleisch gegessen zu haben, das angeblich wie Ziegenfleisch schmeckte: Faserig, aber nicht zäh und ohne den strengen Hautgout von Lamm oder Wild. Als Nachbar von Aldous Huxley hatte Seabrook in Sanary gelebt und war ein gerne gesehener Gast gewesen im Hause von Aldous Huxley und Thomas Mann.

5

Buchs Familie hatte einen Migrationshintergrund, wie man auf Neuhochdeutsch sagt. In den neunziger Jahren des neunzehnten Jahrhunderts war sein Großvater nach Haiti ausgewandert und hatte in Port-au-Prince eine Apotheke eröffnet. Damals waren Kaufleute aus Hamburg und Bremen hier ansässig und suchten zu ihrer Betreuung einen deutschen Arzt und Apotheker – später kamen ein deutscher Club und eine deutsche Schule hinzu. Nach dem Tod seiner ersten Frau, einer Offizierswitwe, die, der Familienüberlieferung nach, »das Klima nicht vertrug«, hatte Buchs Großvater eine Kreolin geheiratet, deren deutscher Wortschatz sich auf »Schwein« und »Kartoffeln« beschränkte, genug, um auf der Bühler Höhe Urlaub zu machen. Im Sommer 1914 fuhr der Großvater mit dem Passagierdampfer *Lusitania* nach Hamburg und brachte seinen ältesten Sohn in die Obhut von Verwandten nach Darmstadt. Während des Ersten Weltkriegs war die Postverbindung nach Haiti blockiert, und Buchs Vater wuchs ohne Mutterliebe auf, im Haus einer Tante, die in Wirklichkeit seine Cousine war. Frau Best war eine strenge Gouvernante: Das Wohlbefinden ihrer Foxterrier lag ihr mehr am Herzen als das Wohlergehen des ihr anvertrauten Kindes, dem sie mit dem Rohrstock deutsche Grammatik und preußische Disziplin einbläute. Die aus Haiti übersandten Dollarschecks waren in der Inflationszeit ein Vermögen wert, und nach seiner Promotion zum Dr. jur. kehrte Buchs Vater nach Port-au-Prince zurück, wo William B. Seabrook kurz zuvor den Bestseller *The Magic Island* geschrieben hatte, in dem es hieß: »Der alte Apotheker Dr. Bouc räumte mir sein Mansardenzimmer ein, um mein Manuskript ins Reine zu schreiben, das bald nach seinem Erscheinen ins Deutsche und Französische übersetzt wurde.«

6

Buch zog die Jacke aus und hängte sie über die Stuhllehne, und Judith wärmte ihre vom Seewind klamm gewordenen Finger am Cappuccino, den ihr der korsische Kellner – vielleicht war es auch ein aus Algerien stammender *Pied noir* – zusammen mit dem Nachtisch servierte: *Îles flottantes*, Judiths Lieblingsdessert. Buch begnügte sich mit einer *Mente-à-l'eau*, mit Wasser verdünntem Pfefferminzsirup, einem aus der Mode gekommenen Getränk, das Erinnerungen an seine Marseiller Kindheit wachrief. Er schwieg – eine Wohltat nach dem Redestrom, der aus dem Gehege seiner Zähne gedrungen war. Obwohl er sonst jedes Stocken und jede Pause mit einem faden Witz überbrückte, schien er die von krächzenden Möwen akzentuierte Stille zu genießen. Schweigen war eine Kunst, die Judith besser beherrschte als er, und statt von Kapitän Racke, Motoryacht Ute zu erzählen oder von seinem Tauchlehrer Monsieur Dumas, dachte Buch an den Film *Das Schweigen*, in dem Liv Ullmann vor den Augen des buckligen Nachtportiers masturbiert, während Panzerkolonnen durch die menschenleeren Straßen einer osteuropäischen Stadt rollen. Der Film war ein Meisterwerk, und wie *Hiroshima mon amour* hatten ihn die Tugendwächter der fünfziger Jahre unter Pornographieverdacht gestellt.

Buch zahlte die Zeche, und sie liefen Hand in Hand vom Café de la Marine zum Hôtel de la Tour, vorbei am Etablissement der Witwe Schwob, wo sich ein Menschenalter zuvor die Exilschriftsteller getroffen hatten. Das Meer schwappte träge gegen die von Wehrmachtsoldaten verminte Kaimauer, unter der bei Umbauarbeiten eine Zweizentnerbombe freigelegt worden war, genug, um halb Sanary in die Luft zu jagen. Das Wasser war durchsichtig bis zum Grund; statt bunt bemalter Fischerboote dümpelten Segel- und Motoryachten am Kai, und statt silbern blitzender Sardinen waren nur Medusen genannte Quallen zu sehen, die rhythmisch pulsierend auf und nieder schwebten und bei der leisesten Berührung brennende Hautausschläge verursachten. Judith studierte die Inschrift eines patriotischen Denkmals, das an die Befreiung Sanarys durch französische Truppen erinnerte, während Buch blühende Zweige von einem Mimosenbusch brach, der seine Zitierwut in Gang setzte: »Erhöhte Natur, rasendes Gelb«, rief er in Anspielung auf van Gogh: »Nie fühlte Vincent sich so im Besitz seiner Manneskraft!«

Sie fuhren über die Küstenstraße nach Six Fours ans andere Ende der Bucht. Hier hatten Judith und er im Sommer 1965 eine Art Honeymoon verbracht, eine Kette unbeschwerter Tage, die mit Milchkaffee und Croissants begannen und mit Wein oder Bier im Café de la Marine endeten – dazu aßen sie Bouillabaisse oder Couscous. In seiner Erinnerung schien Tag und Nacht die Sonne, während sie sich auf dem steinigen Strand liebten, durch schroffe Klippen und Macchia-Gestrüpp vor neugierigen Blicken geschützt, bis die Realität sie einholte – die deutsche Geschichte, besser gesagt. Beim Herumstreunen auf dem felsigen Vorgebirge entdeckte Buch die Ruine eines Forts und, unterhalb des Festungsgrabens, Reste einer Artilleriestellung aus massivem Beton, die aussah wie ein ans Mittelmeer verlegter Atlantikwall: Nach der Befreiung Sanarys hatten SS-Männer hier bis zur letzten Patrone gekämpft, und als hätte es noch dieses Beweises bedurft, stolperte er über einen rostigen Stahlhelm in einem von Unkraut überwucherten Unterstand.

Als sei es damit nicht genug, hatte Buch eine unheimliche Begegnung, die sich unauslöschlich in sein Gedächtnis einbrannte. Mehrere Tage vergingen, bevor er den Mut fand, mit Taucherbrille und Schnorchel um das felsige Kap herum zu schwimmen, wo der Meeresboden jäh in die Tiefe abstürzte, Hunderte von Metern und mehr. Kein Grund war zu sehen, nur immer dunkler werdendes Blau, aus dem kein Fisch hochstieg, während es an den mit Muscheln besetzten Felsklippen von Seeigeln, Knurrhähnen und Tintenfischen wimmelte, die, in Wolken von Tinte gehüllt, aus der Reichweite seiner Harpune flohen. Von Tag zu Tag kühner werdend, schwamm er weiter hinaus und gewöhnte sich daran, keinen Grund mehr unter sich zu spüren, als Luftblasen aus der Tiefe hochstiegen – nicht bloß eine oder zwei, sondern Trauben von Luftblasen, die ihn wie ein Astralleib umhüllten und die Orientierung schwierig, ja unmöglich machten. Er dachte an Walfische und Riesenkraken, während ein rasch größer werdender Schatten sich unter ihm ausbreitete, und Panik ergriff ihn, als er den stahlgrauen Rumpf eines U-Boots unter sich hinweggleiten sah. Buch paddelte heftig mit den Schwimmflossen, um nicht vom Sog der Schrauben erfasst zu werden, und noch Stunden später, als er das Geschehen in Worte zu fassen versuchte, konnte er nicht mit Sicherheit sagen, ob ein französisches Atom-U-Boot, die *Nautilus* aus dem Roman von Jules Verne oder Rimbauds *Bâteau ivre* seinen Weg gekreuzt hatte.

7

Cap Nègre – so hieß das felsige Vorgebirge – war ein Übungsgelände, auf dem die französische Armee panzerbrechende Granaten getestet hatte, und nach dem Abzug der Militärs blieb das von Kratern gekerbte, mit

Patronenhülsen übersäte Terrain für die Zivilbevölkerung gesperrt, nicht aber für Judith und ihn, die sich durch den Stacheldraht zwängten, um nackt zu baden, von den Klippen ins Meer zu springen und mit der Harpune zu fischen. Heute, Jahrzehnte später, war das Gelände nicht wiederzuerkennen: Der Pinienwald, in dem Buch seinen gebrauchten VW zu parken pflegte, hatte einer Ferienanlage Platz gemacht mit aufgebockten Wohnwagen und hinter Ligusterhecken hervorlugenden Villen mit tschechischen Gartenzwergen und kalifornischen Sprinkleranlagen. Es gab einen von Mai bis Oktober geöffneten Parkplatz, der in den Wintermonaten geschlossen war, Umkleidekabinen mit Dusche, Pingpong und Minigolf, und um die Erinnerung an die Vergangenheit zu tilgen, hatte man die *Batterie du Cap Nègre* umbenannt zu *Parc de la Méditerranée* und Lehrpfade angelegt, auf denen jeder Grashalm, jede Felsformation und jedes Monument politisch korrekt erklärt wurde – nur über die Herkunft des Namens Cap Nègre schwiegen die Schautafeln sich aus: Hatten Sklaven das Fort errichtet, Sträflinge aus Haiti vielleicht, das gegen eine von Napoleon entsandte Armee seine Unabhängigkeit erkämpfte, oder war die auf dem Vorgebirge gelegene Festung ein Umschlagplatz des Sklavenhandels gewesen?

8

In Wahrheit hatte die Geschichte ihn viel früher eingeholt: Im Mai 1959, als er General De Gaulle vorgestellt wurde bei dessen Besuch in Marseille, oder ein Jahr später, als Schwarzweißbilder von Folteropfern aus dem Algerienkrieg im Lycée Périer kursierten und wie Pornofotos unter der Schulbank von Hand zu Hand gingen – schon damals war ihm aufgefallen, dass Befürworter und Gegner des Krieges sich auf dieselben Fotos beriefen. Oder im Sommer 1964, als Judith ihn bat, Nylonstrümpfe für ihre Freundin und Ex-Kommilitonin nach Ostberlin zu schmuggeln – vielleicht war es auch ein Nylonmantel, Nylon war eine Rarität in der DDR, damals noch Sowjetzone genannt. Alles lief glatt, und nachdem er sein im Zwangsumtausch gewechseltes Geld ausgegeben hatte, reihte er sich am Bahnhof Friedrichstraße in die Warteschlange für BRD-Bürger ein. Westberliner durften nur in dringenden Familienangelegenheiten Verwandte im Ostteil besuchen, und auch das nur auf Antrag, der ohne Begründung abgelehnt werden konnte.

Eingekeilt in die Menge, die quälend langsam Zentimeter um Zentimeter vorrückte, wartete er vor dem Ausreiseschalter, als über Lautsprecher sein Name und seine Passnummer ausgerufen wurden. Oder war es die Nummer seines Laufzettels oder Passierscheins?

»Ihr Pass ist in Marseille ausgestellt worden«, sagte der Oberleutnant der Volkspolizei – vielleicht war es auch ein Offizier der Grenztruppen – bewaffnete Organe einer Staatsgewalt, die sich nur durch die Uniformen voneinander unterschieden. »Sind oder waren Sie Mitglied der Fremdenlegion?«

»Genau das hat die McCarthy-Kommission die antifaschistischen Emigranten gefragt, unter ihnen Bertolt Brecht, dessen *Arturo Ui* ich im Berliner Ensemble gesehen habe.« – »Sie haben meine Frage nicht beantwortet!«

»Ich war nie Mitglied der Fremdenlegion.« – »Auch nicht probeweise?« – »Was wollen Sie damit sagen?« – »Vielleicht haben Sie in alkoholisiertem Zustand eine Verpflichtungserklärung unterschrieben, und hinterher hat Ihr Herr Papa Sie freigekauft. So etwas kommt in den besten Familien vor.« – »Ich bin kein Fremdenlegionär.« – »Und weshalb wurde Ihr Pass in Marseille ausgestellt? Leugnen ist zwecklos – wir wissen alles über Sie.« – »Warum fragen Sie dann?« – »Sie befinden sich auf dem Territorium der Deutschen Demokratischen Republik, und wir stellen die Fragen, nicht Sie! Also, noch einmal: Warum wurde Ihr Pass in Marseille ausgestellt?«

Buch zögerte mit der Antwort. Erst jetzt begriff er, dass man ihn einem politischen Verhör unterzog und dass alles, was er vorbrachte, gegen ihn verwendet werden würde. Das schäbige Büro im Souterrain des Bahnhofs Friedrichstraße, durch dessen Kellerfenster trübes Licht sickerte, die Plastikblumen auf dem Schreibtisch und das gerahmte Foto des Spitzbarts an der Wand – alles deutete unmissverständlich darauf hin, an welchem Ort er sich befand – eine Falle wie das Cockroach Motel, in das die Küchenschaben eincheckten, um nie wieder auszuchecken. Und obwohl ihm klar war, dass der Offizier bluffte und wenig bis gar nichts wusste, beschloss er, mit offenen Karten zu spielen, weil die Wahrheit weniger stressig als jede erfundene Geschichte war.

»Ich war in den Ferien an der Riviera und verlor dort meinen Pass – er wurde mir gestohlen zusammen mit dem Geld, das ich bei mir trug. Zum Glück hatte ich einen Personalausweis, und das Generalkonsulat in Marseille stellte mir einen provisorischen Reisepass aus.«

»Sie meinen die konsularische Vertretung der BRD?«

»Ganz recht.«

Das war nur die halbe Wahrheit – dass sein Vater als Generalkonsul für die Repatriierung entlassener oder desertierter Fremdenlegionäre zuständig gewesen war, verschwieg Buch wohlweislich.

»Sie müssen zugeben, dass all das höchst verdächtig klingt. Aber wir haben viel Zeit. Hier sind ein Notizblock, Bleistift und Radiergummi. Schreiben Sie alles auf, was Sie zu Ihrer Entlastung vorbringen möchten. Ich lasse Sie allein – wir sehen uns später wieder!«

Mit diesen Worten zog der Offizier die Bürotür hinter sich zu, die, wie Buch erst jetzt bemerkte, nur von außen zu öffnen war – an der Innenseite war die Türklinke abgeschraubt.

9

Um sich die Zeit zu vertreiben, kritzelte er Strichmännchen auf das linierte Papier, die er später wieder ausradierte: Ein unbeschriebenes Blatt schien ihm ehrlicher als das schriftliche Geständnis eines Vergehens oder Verbrechens, das er nicht begangen hatte. Nach einer Stunde, die ihm wie eine Ewigkeit vorkam – zusammen mit Portemonnaie und Pass hatte man ihm die Armbanduhr abgenommen – hörte er Schritte auf dem Flur, und ein Beamter in Zivilkleidung betrat den Raum, vermutlich ein Stasi-Mann als Kontrast zu seinem uniformierten Vorgänger. Er fegte die Radiergummikrümel vom Tisch und bot Buch Kaffee an, keinen DDR-Kaffee, sondern Nescafé Gold aus dem Intershop.

»Möchten Sie eine Zigarette rauchen? Peter Stuyvesant oder HB?«

»Ich protestiere gegen die Freiheitsberaubung und verlange die Hinzuziehung eines Rechtsanwalts!«

»Mein Kollege hat Sie nicht gerade mit Samthandschuhen angefasst – dafür bitte ich um Entschuldigung. Er wusste nicht, dass Sie sich für die Anerkennung der DDR eingesetzt und dafür persönliche Nachteile in Kauf genommen haben.«

»Wovon reden Sie?«

»Wir sind über alles informiert. Zum Beispiel darüber, dass Sie im August 1961 in Südfrankreich Verständnis äußerten für die Schließung der Staatsgrenze West.«

»Sie meinen den Mauerbau?«

»Ich meine den antifaschistischen Schutzwall der DDR. Ihr mutiges Eintreten für den Frieden hat Ihnen eine Menge Ärger eingebracht. Die Leitung des deutsch-französischen Jugendwerks setzte Sie vor die Tür, genauer gesagt: Man warf Sie aus dem Zeltlager und konfiszierte Ihren Pass.«

»Woher wissen Sie das?«

»Aus zuverlässiger Quelle. Hier sind Ihre Papiere, einschließlich eines Fünfmarkscheins für den Verkauf von Nylonstrumpfhosen an eine Bürgerin der Deutschen Demokratischen Republik. Devisenvergehen werden streng bestraft, aber in Anbetracht der besonderen Umstände drücken wir ein Auge zu.«

10

Rückblende, August 1961: H. C. Buch schämte sich für seine Landsleute, die sich mit Olivenöl einrieben statt mit Piz Buin, blonde Barbaren, deren Muskeln die Blicke der Französinnen auf sich zogen wie vorher die nackten Oberkörper der Wehrmachtssoldaten, er schämte sich für seine Landsleute nicht wegen der

Nazi-Vergangenheit, die im Geschichtsunterricht am Beethoven-Gymnasium kein Thema gewesen war: Trotzdem oder gerade deshalb hatte er als Mitglied einer Film-AG die Dokumentation *Nuit et brouillard* von Alain Resnais gesehen, Kinderschuhe, abgeschnittene Haare und Berge von Leichen, die von Bulldozern in Gruben geschoben wurden. Zum Glück war das alles *history*, redete er sich ein und sonderte sich von seinen Generationsgenossen ab, weil der deutsche Plebs nur gebrochen französisch sprach und Buch sich für etwas Besseres hielt: Er schlug sein Zelt unter Pinien am Rand des Ferienlagers auf, und nur zur Essensausgabe reihte er sich in die Warteschlange ein und nahm, ohne als Feriengast registriert zu sein, eine Suppenkelle mit Spaghetti oder Ravioli in Empfang. Auf Wunsch gab es Nachschlag, und das ging so lange gut, bis er beim Mittagessen politische Reden schwang und den Bau der Mauer verteidigte, in den Wochen nach dem 13. August Reizthema Nummer eins: Von einer Mauer könne keine Rede sein, hörte er sich sagen, es handle sich um eine ganz normale Staatsgrenze wie zwischen Frankreich und der Schweiz, auch dort werde manchmal scharf geschossen. Um die Abwanderung der Bevölkerung zu stoppen, sei die DDR-Führung gezwungen gewesen, die Staatsgrenze West zu schließen, eine Maßnahme, die Bonn sich selbst zuzuschreiben habe aufgrund seiner Weigerung, die DDR diplomatisch anzuerkennen. Stattdessen beharrten die Bonner Ultras wider besseres Wissen auf der Hallstein-Doktrin und hetzten DDR-Bürger mit Lügenpropaganda und gezielter Abwerbung gegen ihre rechtmäßige Regierung auf. Kurz, Buch redete wie ein geschulter Agitator oder

Agent provocateur, den die Stasi in ein westdeutsches Ferienlager eingeschleust hatte, und er wusste selbst nicht, warum: War es pubertärer Widerspruchsgeist oder eine Reaktion auf Kalte-Kriegs-Propaganda, der er auf einer Klassenfahrt in Westberlin ausgesetzt gewesen war? Oder probierte er ein Rollenspiel aus, um zu sehen, wie weit er gehen konnte, ohne dabei Schaden zu nehmen? Je weniger Buch an das glaubte, was er sagte, desto größer wurde seine Überzeugungskraft, um ihn herum bildeten sich erregte Diskussionsrunden, bis die Lagerleitung eingriff und ihn einem politischen Verhör unterzog. Als er sich weigerte, Ross und Reiter zu nennen, wurde er aus dem Sommercamp relegiert, und Martines Onkel, das schwarze Schaf der Familie wegen seiner kommunistischen Sympathien, nahm ihn in sein Ferienhaus auf.

HAITI GIBT ES NICHT

»Ich bin Baron Samstag der Große
Oh! vertraut nicht zu sehr
Meinem schönen weißen Bart ...«
(René Depestre)

1

Die Fahrt von Port-au-Prince nach Jacmel dauerte doppelt so lange wie sonst, denn an der Route du rail, benannt nach von Unkraut überwucherten Schienen, auf denen einst Zuckerrohr zum Hafen befördert worden war, begann ein Verkehrsstau, der sich bis zum Stadtausgang erstreckte: Endlose Kolonnen Abgaswolken spuckender Busse und quietschender Lastwagen, überladen mit Waren und Passagieren, rostige Jeeps, zerbeulte Limousinen und fabrikneue Landrover mit getönten Scheiben, die sich hupend die Vorfahrt erzwangen, bis der Stau stockte und völlig zum Stillstand kam: Carrefour hieß der symbolische Ort, an dem nicht die Polizei, sondern PAPA LEGBA, Herr der Kreuzwege und Türschwellen, den Verkehr regelte oder vielmehr nicht regelte, denn die Kreuzung war überflutet mit von den Bergen herabfließendem Wasser, durch das die Autos sich mit schäumender Bugwelle durchquälten, so dass es richtiger gewesen wäre, von einer Furt zu sprechen. Aber auch das stimmte nicht, denn Carrefour war ein ehemaliger Rotlichtbezirk, wo Einheimische und Touristen in Bars und Bordellen die Nächte durchgetanzt hatten, als es in Haiti noch ein Nachtleben gab. Graham Greene war Stammgast gewesen im Etablissement der Madame Odette, wo nach Auskunft der Puffmutter nur Ausländer und Mädchen aus besten Familien verkehrten: »Alles, was Mr. Greene schreibt, ist erstunken und erlogen«, hatte Madame Odette erklärt, als ich sie vor Jahren interviewte: »Die Bar war nicht mit Flamingofedern dekoriert, und es gab keinen Swimmingpool.« Sie deutete auf ein Planschbecken, in dem ein gehbehinderter Rentner aus Miami herumpaddelte als Relikt der guten alten Zeit, da Touristen Dollars nach Haiti brachten, bevor Papa Doc die Telefonkabel kappen und erst den Hafen, dann den Flughafen stilllegen ließ.

Diesmal war alles anders: Die Überschwemmung, kreolisch *Lavalas*, war zurückgegangen, und die von den Berghängen strömenden Bäche transportierten statt Ästen und Geröll nur noch stinkenden Schlamm, in dem Schweine herumstöberten, ein beliebtes Motiv für aus dem Ausland eingeflogene Fernsehteams, um den physischen und moralischen Niedergang Haitis zu illustrieren. Dabei waren die Vorfahren der schwarzen Schweine auf den Karavellen des Kolumbus hierher gelangt und gehörten zum nationalen Kulturerbe wie Voodoo und Karneval. Der Versuch, sie durch rosa Schweine zu ersetzen, war am Widerstand der Bauern gescheitert, für die ein Schwein ein Sparkonto darstellte, und auf die Déporquisation war die Réporquisation Haitis gefolgt, die Baby Doc aus dem Amt katapultierte getreu dem kreolischen Sprichwort: *C'est graisse cochon qui cuit cochon* – das Schwein schmort in seinem eigenen Fett.

Die Route du rail ging über in die Route de Carrefour, links und rechts Ruinenfelder mit im Wind flatternden Rauchfahnen, und der die Fahrbahn teilende Mittelstreifen wurde zur Zeltstadt, die sich kilometerlang hinzog: Mit Lumpen ausstaffierte Verschläge aus Plastikfolie, Wellblech und Karton, in denen Großfamilien auf engstem Raum vegetierten, eingehüllt in Zementstaub und Abgase des wieder dichter werdenden Verkehrs, der das Überqueren der Straße zum lebensgefährlichen Abenteuer machte. Ächzende Lastwagen, an die sich Trauben von Menschen klammerten, und altersschwache Busse, verziert mit Bibelsprüchen, die vom Vormarsch evangelikaler Sekten zeugten: CHRIST SEUL CAPAPBLE / L'OEIL DU SAINT ESPRIT / GLOIRE DE L'ÉTERNEL. Inmitten des Lärms und Tohuwabohus, zwischen brennenden Reifen, Schlammpfützen und grunzenden Schweinen, boten Marktfrauen ihre Waren an, in Garküchen brutzelte Fisch, und ein paar Schritte weiter wurden lebende Hühner und Ziegen verkauft, die mit den Köpfen nach unten am Dachgepäckträger eines Lkw baumelten.

DÉPÔT ILLÉGAL stand in Großbuchstaben auf einer Hausfassade, deren Giebel sich gefährlich nach vorn neigte, und ich fragte mich, was hier illegal gelagert wurde – Drogen, Waffen, Blutkonserven? – während ich einem in der Fahrbahn klaffenden Loch auswich, das mich mitsamt dem Mietauto hätte verschlucken können. Eine Erdspalte verlief parallel zum Meer, Haken schlagend wie ein Hase, der im Zickzack die Straße überquert: Nicht weit von hier, auf halbem Weg zwischen Port-au-Prince und Léogane, befand sich das Epizentrum des Bebens, wo die karibische und die mexikanische Platte unterirdisch aneinanderstießen und die Spannung sich explosionsartig entlud.

Léogane war zu neunzig Prozent zerstört, eine Trümmerlandschaft, auf der menschliche Ameisen herumkrabbelten. Hier hatte mein Onkel Toto als Kaffeeexporteur gearbeitet, doch von den Lagerhäusern und Kontoren waren nur noch Schuttberge übrig, die Pioniere der kanadischen Armee mit Bulldozern aus dem Weg räumten, von spanischer Guardia Civil in Schützenpanzern bewacht. Die in Agenturmeldungen gepriesene humanitäre Hilfe nahm hier greifbar Gestalt an, aber das war ein schwacher Trost angesichts der Zerstörung, die nicht dramatisch war, sondern monoton, obwohl unter jedem Steinhaufen mindestens ein von seinen Angehörigen betrauerter Toter lag.

Das Elend überstieg die Leidensfähigkeit der Menschen, und Gott, der angeblich alles sah, wollte nichts davon wissen, wandte sich kopfschüttelnd ab und verbarg sein Gesicht hinter einer Wolke, aus der lauwarmer Sprühregen fiel.

Vor dem Checkpoint am Stadtausgang verlangsamte ich die Fahrt, doch bei meiner Annäherung winkte ein spanischer Polizist, der Handschuhfächer und Kofferräume nach Waffen durchsuchte, mich unkontrolliert durch. *Das Privileg der hellen Haut*, dachte ich, während ich auf die Texaco-Tankstelle zusteuerte, vor der Mangos und Kokosnüsse zum Verkauf auslagen, und auf die ins Gebirge führende Straße einbog.

Früher hatte ich stets hier gehalten und mich an gebratenen Bananen und *griot* genanntem Grillfleisch delektiert. Diesmal aber spürte ich ein leichtes Unwohlsein und fuhr ohne Pause weiter in Richtung Jacmel. Am höchsten Punkt der Passstraße lag *Tombe Gâteau*, das wie eine Torte geformte Grab eines französischen Kolonialherrn, das dem Ort den Namen gegeben hatte, daneben das *Séminaire des petits frères de la Sainte Thérèse*, eine Missionsstation, die ich auf dem Rückweg besuchen wollte, um nach Monsieur de Mohrenschildt zu fragen, einem Luxemburger, der hier Hilfsprojekte betreute. In einer Kurve sah ich, aus den Augenwinkeln heraus, eine Gruppe Landarbeiter die Hacken schwingen, um ein Feld zu roden: Mitglieder eines als *Coumbite* bezeichneten Kollektivs, die freiwillige Gemeinschaftsarbeit leisteten und mir, auf ihre Macheten gestützt, lachend zuwinkten. Ich bremste an einem Hindernis, genannt *Police couchée*, schlafende Polizei, das den Verkehr verlangsamte vor einer von Ingenieuren der US-Navy erbauten Stahlbrücke, und überquerte einen Fluss, der um diese Jahreszeit nur Sand und Steine führte. Dann rollte ich durch einen mit Palmzweigen dekorierten Triumphbogen, der Besucher aus dem In- und Ausland als Freunde willkommen hieß, in die Küstenstadt ein.

2

Obwohl Jacmel »nur« zu fünfzig Prozent zerstört war, erkannte ich die Stadt nicht wieder. Auf den von Schutthaufen gesäumten Straßen fiel mir die Orientierung schwer, und unter den Passanten, die früher jeden Neuankömmling mit Handschlag begrüßt hatten, sah ich kein bekanntes Gesicht. Warnungen vor Autodieben missachtend, parkte ich den Wagen an einer belebten Ecke und mischte mich ins Menschengewühl. Der Turm der Kathedrale stand noch, aber die Redensart »wie durch ein Wunder« war hier fehl am Platz, denn die von Rissen durchfurchte Kathedrale war wegen Einsturzgefahr gesperrt, und aus der Markthalle drang ein solcher Gestank, dass ich mir die Nase zuhielt und meine Schritte beschleunigte. Egal, ob es sich um verrottetes Obst, faulenden Fisch oder verwesendes Fleisch handelte, ich wollte frei atmen, doch das Vorwärtskommen war schwierig in den von Motorrädern und Schubkarren verstopften Gassen rund um den Markt, die mit Säcken beladene Lastwagen vollends unpassierbar machten; dazwischen priesen Händlerinnen mit Körben auf dem Kopf ihre Waren an.

Ein Passant lüftete seinen Strohhut und entblößte seinen blutigen Schädel, der aussah wie frisch skalpiert. Ich kannte den Dreh und musste lachen beim Gedanken an Monsieur Thompson, genannt Lobster, wegen seines hochroten Kopfs. Lobster war ein stadtbekannter Bettler, der, als sein Hut-Trick nicht mehr verfing, dazu überging, alte Zeitungen zu überhöhten Preisen zu verkaufen. Als ich das Geld zurückverlangte, das ich für eine mehrere Wochen alte Zeitung bezahlt hatte, meinte Thompson, er sei nicht nachtragend und wolle mich weiter mit Lesestoff versorgen.

Ich verließ die Innenstadt und lief, tief durchatmend, unter Palmen am Meer entlang. Vor mir lag die Mündung des Flusses, der dem Volksmund nach nicht nur zwei, sondern drei Ufer hatte: Ein Delta, dessen lehmiges Wasser sich vor an der Küste aufgehäuften Sand- und Kiesbänken staute und zu Rinnsalen verästelte. Weiter draußen dümpelte ein Wrack, das sich bei Ebbe ächzend auf die Seite legte, bis die Flut es wieder flottmachte; nackte Kinder kletterten über die Decksaufbauten und kraulten um den rostigen Schiffsrumpf herum. Der schwarze Sand war übersät mit Plastiktüten und Gummisandalen, und zwischen Kokosschalen, aus denen frische Keime wuchsen, huschten feuerrote Krebse mit drohend erhobenen Zangen hin und her. Am Strand waren Tische aufgebaut, auf denen rosa Meeresschnecken, schwarze Korallen, bunt bemalte Masken und Tierfiguren aus Pappmaché zum Verkauf auslagen, neben einer Garküche, in der Langusten gebraten und eisgekühlte Getränke verkauft wurden.

Der Voodoo-Tempel von Madame Nerval stand in einem Slum am Flussufer, und das Beben, das in höher gelegenen Vierteln nur geringe Schäden verursachte, hatte hier mit voller Wucht zugeschlagen. Vielleicht lag es am Sumpfboden, der die Schockwellen nicht absorbierte und weitergab wie ein Trampolin, auf dem

Häuser und Hütten Twist tanzten: Das Erdbeben hatte alles plattgemacht, einschließlich der von meinem Freund Gérard angelegten Abwasserkanäle zum Auffangen der Sturzfluten, die nach dem Zyklon Gordon – oder war es der Hurrikan Jeanne? – von den Bergen heruntergeschossen waren. Sturzflut hieß *Lavalas* auf kreolisch, und das war der Name der Volksbewegung, die den Armenpriester Aristide zuerst an die Macht und später ins Exil katapultierte: Nur stinkender Schlamm blieb zurück vom revolutionären Aufbruch des Befreiungstheologen, den ich persönlich gekannt hatte – aber das gehört in ein anderes Kapitel dieser immer unübersichtlicher werdenden Geschichte.

Der Slumbezirk war nicht wiederzuerkennen: Nur ein aus einer Schutthalde ragender Pfahl, ans Kruzifix einer Kirche erinnernd, aber ohne Querbalken, signalisierte, dass ich mich im Allerheiligsten des Tempels befand. Jemand zupfte mich am Ärmel, doch ich war mir nicht sicher, ob es sich um den Tempeldiener Laplace oder um den Sohn der Priesterin handelte, der mir ein Foto unter die Nase hielt, ein Passfoto von Madame Nerval, deren Leiche unter den Trümmern verschüttet lag und deren Blick sich trotzdem oder gerade deshalb wie ein Laserschwert in mein Herz bohrte. Ich wusste nicht, wie mir geschah, ich schloss die Augen und sah Madame Nerval vor mir, sitzend am Fuß des *Poteau Mitan*, der das Dach des Tempels trug und wie ein Blitzableiter die Befehle der Götter in die Leiber der Tänzer übertrug, die mit nackten Füßen den Boden stampften, während ich die Skizze, die ich im Flugzeug angefertigt hatte, der Priesterin zur Begutachtung vorlegte. Doch statt die Zeichnung zu betrachten, tastete sie meinen Hinterkopf, Nacken und Rücken ab und sog mit bebenden Nasenflügeln meinen Körpergeruch ein; dann griff sie mir prüfend zwischen die Beine und spuckte, nein sprühte mir mit Atemluft vermischten Zuckerrohrschnaps ins Gesicht, dessen süßliches Aroma meine Sinne benebelte. Die Mambô wisperte mir etwas ins Ohr, das wie Vogelgezwitscher klang, und das Laplace in die Sprache der Menschen übertrug: Obwohl Voodoo-Zeremonien nur an bestimmten, den Göttern geweihten Tagen stattfänden, sagte der Tempeldiener, wolle die Priesterin das Orakel befragen, jetzt gleich, weil mein Angstschweiß ihr mitgeteilt habe, dass mir Gefahr drohe – Madame Nerval war blind, aber ihr Geruchssinn war untrüglich und täuschte sie nie.

Zu Füßen der Tänzer irrten Hühner herum, die Körner vom Lehmboden pickten, verfolgt von einem streunenden Hund, der mit Fußtritten aus dem Tempel gescheucht wurde, während die Trommler ihre Instrumente stimmten und zur Probe den Takt vorgaben, der nicht aufputschend, sondern einlullend klang. Erst als ich genauer hinhörte, schälte sich aus dem Rhythmus der Trommeln ein wiederkehrender Lockruf, der mir aufreizend provokant und, wie der Gesang der Sirenen, unwiderstehlich vorkam. »Deine Schultern kommen, gehen / schwingen, drehen / und dann wirfst du vor die Zehen / und dein Schenkel setzt das Maß.« Ich drehte mich um meine eigene Körperachse, zuerst langsam, dann schneller, bis mir schwindlig wurde, und während die Außenwelt in einem Wirbel von Farben und Tönen versank, sah ich, wie Madame Nerval sich in eine Python verwandelte, die sich um den *Poteau Mitan* wand und in spiralförmiger Bewegung nach oben glitt, dem Dach des Tempels entgegen, von dem aus sie lächelnd auf mich herabblickte – nur die gespaltene Zunge deutete auf ihre Falschheit hin. Ich dachte daran, dass die Spirale eine Grundform der Kunst und Literatur Haitis war, und beschloss, in Zukunft spiralförmige Texte zu schreiben.

Jemand blies mir Zigarrenrauch in die Nase, man besprengte mich mit Parfüm, und als ich die Augen aufschlug, lag ich im Hochzeitsbett in den Armen der Priesterin, die sich nackt an mich schmiegte, während der Chor der Brautjungfern einen getragenen Gesang anstimmte, dessen Text mir bekannt vorkam: »Freuet euch ihr Patienten, der Arzt ist euch ins Bett gelegt!« Und ich begriff, dass ich, ohne es zu wollen, mit einer Voodoo-Göttin verheiratet und, weil das Wort *mariage* auf kreolisch eine andere Bedeutung hat als auf französisch, der Gottheit geweiht worden war.

3

Beim Einchecken ins Hotel Le Lamandou – das Hôtel de la Place war wegen Einsturzgefahr geschlossen, das Strandhotel La Jacmélienne mit humanitären Helfern belegt – sprach mich ein Bettler an, der sich mit einem Wischlappen an der Windschutzscheibe meines Autos zu schaffen machte. Der Mann kam mir bekannt vor:

Die schlenkernden Arme, der sehnige Hals, die Geiernase – alles deutete auf Thompson hin, doch Lobster schien die Sprache verloren zu haben, denn wie in einem Stummfilm schüttelte er tonlos den Kopf, und spuckte, statt meinen Gruß zu erwidern, in ein zerknülltes Taschentuch, auf dem ein roter Fleck zurückblieb, den er mir zur Begutachtung vorhielt. Ich ermahnte ihn, einen Arzt oder Apotheker aufzusuchen, und drückte ihm mit abgewandtem Gesicht einen Zwanzigdollarschein in die Hand, den Lobster in sein Taschentuch wickelte, während ein heftiger Hustenanfall, die Dramatik der Situation unterstreichend, seinen abgezehrten Körper schüttelte.

Ich bin ein *Bauchschläfer* – dieses Wort hatte ich unter der Rubrik *Sitzriese* in mein Ringbuch notiert, aber obwohl ich in meiner bevorzugten Stellung lag, das Kopfkissen wie eine Geliebte im Arm, konnte ich nicht einschlafen. Ich dachte zwanghaft darüber nach, wieso der Voodoo-Totengott, dem Madame Nerval untertan war, Baron Samedi hieß oder Maître Lacroix, weil er für Christus das Kreuz getragen hatte beim Aufstieg nach Golgatha, aber der Messias war am Karfreitag gestorben, nicht am Ostersamstag. Und warum war der Totengott schwarz und weiß geschminkt, als Frau in Männerkleidern oder als Transvestit, der wie ein Cheerleader oder Tambourmajor das närrische Treiben anführte, Schreckgespenst und komische Figur zugleich, bei deren Anblick den Zuschauern das Lachen im Hals steckenblieb? Und wer war Grande Brigitte, genannt *La Reine*, die Herrin der Friedhöfe?

Im Traum folgte ich der Wegweisung, die Laplace mir vortanzte – nicht gezeichnet oder mit Worten beschrieben, sondern mit nackten Füßen in den Lehmboden des Tempels gestanzt. Das Relief des Insellands gleiche zerknülltem Packpapier, hatte der britische General Maitland gesagt, nachdem aufständische Sklaven seine Truppen in einen Hinterhalt gelockt und vernichtend geschlagen hatten. Daran musste ich denken, während ich bergauf und bergab kletterte, über Steilhänge und Geröllhalden, durchzogen von Flussläufen, in deren Wasser ich bis zur Brust eintauchte; Brettwurzeln versperrten mir den Weg, Kakteen und Lianen streckten stachlige Arme nach mir aus, Dornen und Nesseln ritzten meine Haut, aber ich ließ mich nicht vom Pfad abbringen. Wie Zugvögel dem Magnetfeld der Erde, folgte ich der Wegweisung, die der Rhythmus der Trommeln mir vorgab, eine auf einem Berggipfel gelegene Burg vor Augen, die sich bei der Annäherung immer weiter zu entfernen schien. Genau genommen war es keine Burg, sondern eine Zitadelle, errichtet von befreiten Sklaven, die beim Bau des babylonischen Turms nicht bloß die Freiheit, sondern auch das Leben verloren hatten, ein architektonisches Weltwunder, vergleichbar der Cheops-Pyramide oder dem Maya-Tempel von Uxmal. Die auf Befehl von König Henri Christophe, einem Ex-Sklaven, errichtete Festung sah aus wie ein in Haiti gestrandetes UFO, und als ich vor Jahren in einem Helikopter der US-Navy den Bergkamm überflog, hatte der Bordschütze die Zitadelle unter Feuer genommen in der Annahme, es handle sich um ein auf keiner Landkarte verzeichnetes Militärobjekt.

Die letzten fünfhundert Meter ritt ich auf einem Maultier, eine Wohltat in der drückenden Hitze und der dünnen Luft, eskortiert von schreienden Kindern, denen ich die Kupfermünzen zuwarf, die Laplace mir mit auf den Weg gegeben hatte. Ich lief über eine Zugbrücke, die knarrend hinter mir hochschwang, und während ich eine von Bronzemörsern und Marmorlöwen bewachte Treppe hinaufstieg, wusste ich, dass ich am Ziel der Reise angekommen war.

4

Ich kniff die Lider zusammen und betrat einen im Mittagslicht flimmernden Vorhof, dessen Konturen vor meinen Augen verschwammen. Unter einem zerschlissenen Baldachin, verziert mit dem an einen Sarotti-Mohr erinnernden Wappen des Königs Christophe, räkelte sich ein Mann mit einem altmodischen Zweispitz oder Dreispitz: Mehr war nicht zu erkennen, weil sein Gesicht im Schatten lag. Er war schwarz und weiß geschminkt, und neben seinem von Termiten zernagten Thron türmten sich zu Pyramiden gehäufte Kanonenkugeln, im Hintergrund ein Altar mit Freimaurersymbolen - Hammer und Zirkel -, neben einer mit Stricknadeln durchbohrten Negerpuppe und einer Rumflasche.

»Mein Name ist Mohrenschildt«, sagte der alterslos wirkende Mann, »de Mohrenschildt, genauer gesagt, denn obwohl ich aus Luxemburg komme und einen

Schengenpass besitze, mit dem ich in alle EU-Staaten einreisen darf, entstamme ich einem alten baltischen Adelsgeschlecht. Vielleicht hat der Symbolgehalt meines Namens mich prädestiniert für die Rolle, die ich in Haiti übernahm, denn Papa Doc war extrem abergläubisch, und als er hörte, dass Mohrenschildt *le bouclier des maures* bedeutet, beauftragte er mich, den Hafen von Port-au-Prince auszubaggern, eine Arbeit, die ich zusammen mit der Lizenz, nach Öl zu bohren, meinem Freund Mohamed Al Fayed übertrug.

Ja, Sie haben richtig gehört: Lady Di's Schwiegervater *in spe* machte damals Papa Docs Tochter Denise den Hof und schickte täglich Blumen in den Präsidentenpalast, bevor er mit den Hafen- und Zolleinnahmen über alle Berge verschwand. Der angebliche Ölscheich war der einzige Ausländer, dem es gelungen ist, Duvalier auszutricksen, der sich sonst kein X für ein U vormachen ließ, und damit hat Al Fayed den Grundstein zu seinem späteren Vermögen gelegt. *History is bunk*, Geschichte ist Schrott, wie Winston Churchill zu sagen pflegte – oder war es Franklin Roosevelt? Das weiß ich nicht mehr genau, denn mit zunehmendem Alter lässt mich die Erinnerung im Stich und ich suche vergeblich mein Hörgerät oder meine Brille. Angeblich ist der Insulinmangel an meiner Gedächtnisstörung schuld!«

Mohrenschildt setzte sich eine verspiegelte Sonnenbrille auf, in deren grün schillerndem Glas ich mich selbst verkleinert erblickte. Dann knöpfte er das Hemd auf und rammte sich, schwer atmend, eine Spritze in den Bauch, wobei Teile einer Tätowierung sichtbar wurden: Ein Auge auf der Spitze einer Pyramide, ein von Dolchen durchbohrtes Herz und ein Einhorn im Kampf mit einer Seejungfrau.

Anders als Madame Nerval, die sich für ihre Dienste in Dollars entlohnen lasse, fuhr er fort, werde er in einer wertbeständigeren Währung bezahlt, mit Seelen, die ihm nicht erst nach dem Tod, sondern schon zu Lebzeiten überschrieben würden. »Auch Ihre Seele ist in meinem Besitz« – bei diesen Worten deutete er auf eine Galerie von Tonkrügen, die im Schatten des Altars verstaubten: Einer von ihnen trug die Aufschrift PHARMACIE BOUC. »Als Gegenleistung entsorge ich die Eigentümer der Seelen von ihrer je nachdem lästigen oder peinlichen Vergangenheit. Um Ihnen und mir Zeit zu ersparen, lesen Sie bitte den folgenden Text!«

Er reichte mir einen Zeitungsausschnitt, den Abdruck eines Leserbriefs, wie es schien, in dem der folgende Absatz rot angestrichen war:

»Nach dem Reichstagsbrand suchte ein Schüler der Kolonialschule, von Mohrenschildt, meine Tante auf, um ihr ein Geheimnis anzuvertrauen, das ihn bedrückte. Durch einen unterirdischen Gang sei von Mohrenschildt zusammen mit dem Gruppenführer Karl Ernst und seinem SA-Kameraden Fiedler am 27. Februar 1933 um fünf Uhr früh in den Plenarsaal des Reichstags eingedrungen, habe Stühle und Tische mit Phosphor bestrichen und die Draperien und Teppiche mit

Petroleum getränkt. Nach zwanzig Minuten hätten sie ihre Arbeit beendet und vor Verlassen des Gebäudes Feuer gelegt. SA-Gruppenführer Karl Ernst wurde am 30. Juni 1934 beim Röhm-Putsch umgebracht, Fiedler fiel an der Ostfront, und nach Mohrenschildts Emigration in die USA verliert sich seine Spur. Möglicherweise ist er identisch mit jenem George de Mohrenschildt, der Lee Harvey Oswald das Gewehr besorgte, mit dem dieser John F. Kennedy erschoss.«

»Wie bitte?«

»Sie haben sich nicht verhört. *Ich* habe Oswald die Waffe besorgt, mit der er auf Kennedy schoss, ein Mannlicher-Präzisionsgewehr mit Zielfernrohr, aber Lee Harvey Oswald hat Kennedy nicht getötet, und der Mann, den Jack Ruby am nächsten Tag im Polizeipräsidium von Dallas erschoss, war nicht Oswald, sondern dessen Double, das der KGB via Kuba in die USA eingeschleust hatte.«

»Ich glaube Ihnen kein Wort!«

»Dann lesen Sie das hier.«

Er reichte mir ein Schreiben mit dem Logo der Central Intelligence Agency, deren damaliger Direktor, George Bush *senior*, seinem Freund Mohrenschildt versprach, ihn reinzuwaschen von dem Verdacht, er habe etwas zu tun gehabt mit der Ermordung von John F. Kennedy.

»Woher kannten Sie George Bush?«

»Durch Prescott Bush, für dessen Ölfirma ich in den vierziger Jahren tätig war. Haben Sie sonst noch Fragen?«

5

Als ich am nächsten Morgen, müde und zerschlagen, den Frühstücksraum des Hotels betrat, übergab mir der Nachtportier einen schwarzumrandeten Brief, den ein Unbekannter an der Rezeption für mich abgegeben hatte. Es war eine Todesanzeige: »Sehr verehrter Herr: Hiermit informiere ich Sie, dass ich nach langer Krankheit verstorben bin«, teilte Thompson mir mit und bat, von Beileidsbekundungen abzusehen und lieber Geld für das Begräbnis zu spenden. »Ich hoffe, du bist wirklich tot«, dachte ich und drohte dem Verstorbenen scherzhaft mit dem Finger. Und wie ein ungläubiger Thomas schämte ich mich, als der Portier mir sein Beileid bekundete und bestätigte, dass Lobster einem Lungenleiden erlegen sei.

Da steh ich nun, ich armer Tor, und bin so klug als wie zuvor, dachte ich. War Thompson tatsächlich tot – oder lebte er noch? War ich paranoid, oder hatten Gottes Mühlen meinen Persönlichkeitskern pulverisiert wie Max und Moritz bei Wilhelm Busch? Um den Identitätsverlust zu stoppen, hatte ich mir Gedächtnisübungen angewöhnt, die ich auswendig herunterbeten konnte wie die sieben Emirate, die sechs Neuengland-Staaten oder die fünf Nationen des Irokesenbunds: Seneca, Cayuga, Mohawk, Onondaga, Oneida – oder gab es einen sechsten Irokesenstamm?

Das auf Abruf gespeicherte Halbwissen half nicht weiter, und um mir Klarheit zu verschaffen, zeichnete ich ein Diagramm, anknüpfend an das im Flugzeug skizzierte Schema ungelöster Fragen. Im Zentrum stand ein gleichschenkliges Dreieck, auf dessen Spitze ich das Kürzel JFK schrieb, während ich die Namen Lee Harvey Oswald und George de Mohrenschildt in die linke und rechte Ecke kritzelte. Über der Pyramide, am höchsten Punkt des Kirchenschiffs, schwebte das Auge des Heiligen Geistes, der Vergangenheit, Gegenwart und Zukunft übersah und in die geheimsten Winkel meiner Seele blickte, gekennzeichnet mit den Buchstaben CIA auf der einen, KGB auf der anderen Seite. Von hier flogen Pfeile in alle Himmelsrichtungen, ein Gewirr von Kreuz- und Querverweisen, das wie ein Spinnennetz die Akteure umschlang, so dass ihre einander ausschließenden Ziele und Motive austauschbar wurden, weil alles mit jedem identisch war. Prescott Bush, der Großvater von George Walker Bush, hatte mit den Nazis Geschäfte gemacht und der Wehrmacht wie auch den Alliierten Benzin geliefert. George Bush senior war mit dem Vater von Osama bin Laden befreundet; als Verbindungsmann zwischen den Familien Bush und Bin Laden fungierte Mohamed Al Fayed, der in alle Politskandale der zweiten Jahrhunderthälfte verstrickt war, von der Iran-Contra-Affäre bis zur Ermordung von Lady Di. Und nicht zufällig war George

W. Bush, wie schon sein Vater, Mitglied der Studentenverbindung *Skull and Bones* gewesen, deren Ziel nicht in Saufgelagen bestand, sondern darin, die Masse der Toten zu vermehren. Deshalb hatte Bush I. den ersten, Bush II. den zweiten Irak-Krieg vom Zaun gebrochen, und es war kein Zufall, dass das Emblem des Geheimbunds, ein Schädel mit gekreuzten Knochen, den Black Jack der Piraten ebenso zierte wie die Kragenspiegel der SS. Mohrenschildts Großvater, Baron Morenskjöld, war Gouverneur der Pripjet-Sümpfe gewesen, in denen Hitler die Juden verschwinden lassen wollte, was daran scheiterte, dass »kein Einsinken erfolgte«, wie der Polizeichef Odilo Globocnik dem Reichsführer SS Heinrich Himmler nach Berlin telegrafierte.

Ich hielt nichts von Verschwörungstheorien, und um der Sache auf den Grund zu gehen, tat ich das, was alle Entwicklungshelfer taten, die im Frühstücksraum des Hotels vor ihren Computern saßen: Ich klappte meinen Laptop auf und tippte die Namen George de Mohrenschildt und Lee Harvey Oswald in das für Suchanfragen reservierte Kästchen ein. Zwei oder drei Mausklicks später landete ich beim Warren-Report, dem offiziellen Bericht der von Bundesrichter Earl Warren geleiteten Kommission zur Untersuchung des Kennedy-Attentats.

Frage: Sie haben gegenüber Freunden in Dallas zum Ausdruck gebracht, Oswald sei ein idealistischer Marxist. Was haben Sie damit gemeint?

Antwort: Dass er marxistische Schriften gelesen und daraus eine Doktrin abgeleitet hatte.

F: Hat Oswald sich zu Ihnen über Fidel Castro geäußert?

A: Er bewunderte Castros harte Haltung gegenüber den USA.

F: Brachte er Ihnen gegenüber seine Wertschätzung der UdSSR zum Ausdruck?

A: Nein, nie. Er glaubte an die friedliche Koexistenz.

F: Sind Sie ein Gegner des kommunistischen Systems?

A: Nicht mal das. Es interessiert mich nicht. Punkt.

F: Hat man Sie als verrückten Russen bezeichnet?

A: Ja, schon oft.

F: Würden Sie sich als introvertiert bezeichnen?

A: Eher als extrovertiert.

F: Sie sind weiß, männlichen Geschlechts, 6.1 Fuß groß, dunkelbraunes Haar, blaue Augen, und haben eine Narbe im Gesicht?

A: Eine Narbe auf der rechten Wange von einem Hundebiss in meiner Kindheit. Und die hier stammt aus Jugoslawien, am Haaransatz über der Stirn.

F: Aus Jugoslawien?

A: Ja, die Küstenwache schoss auf mich, weil ich einen Strand fotografieren wollte. Ich saß in einem Motorboot, und Kugeln schlugen rechts und links von mir ein. Danach beschwerte ich mich bei der amerikanischen Botschaft in Belgrad, die eine Untersuchung einleitete. Seitdem fotografiere ich keine Strände mehr.

F: Ihre Hautfarbe ist dunkel. Kommt das vom Sonnenbaden, oder ist es Ihr natürliches Pigment?

A: Ich spiele regelmäßig Tennis und Golf.

F: Sie haben geäußert, Lee Oswald hätte keine Verbindung zu ausländischen Geheimdiensten gehabt, weil er nicht richtig im Kopf gewesen sei.

A: Das habe ich dem US-Botschafter in Haiti gesagt!

F: Wie kamen Sie darauf?

A: Diesen Eindruck machte Oswald auf mich.

F: Hat er jemals angedeutet, dass er Geld bekam? Wenn ja, aus welcher Quelle?

A: Solange ich Lee kannte, war er bitterarm.

F: Haben Sie ihn vor Ihrer Haiti-Reise im Mai 1963 noch einmal gesehen?

A: Nein, aber er schickte uns eine Postkarte aus New Orleans.

F: Im Dezember 1963 schrieben Sie einen Brief an Mrs. Hugh D. Auchincloss, um ihr Beileid zu bekunden zum Tod ihres Schwiegersohns John F. Kennedy.

A: Ja.

F: Erinnern Sie sich, folgenden Satz geschrieben zu haben: »Während meines Aufenthalts in Dallas hatte ich das Pech, Lee Oswald und seine Frau Marina näher kennenzulernen.« Was wollten Sie damit sagen?

A: Nach allem, was passiert ist, war es nicht angenehm, dem Mörder des Präsidenten begegnet zu sein. Jetzt ist er tot, aber wenn ich gewusst hätte –

F: Wenn Sie was gewusst hätten?

A: Hätte ich damals gewusst, was Oswald im Schilde führte, hätte ich seine Familie nicht unterstützt. Ich wollte Marina helfen, die kein Englisch sprach und von Lee schlecht behandelt wurde. Ihr Baby war krank und unterernährt.

F: Sie haben ausgesagt, Oswald hätte seine Frau geprügelt – stimmt das?

A: Korrekt.

F: Sie schreiben, ich zitiere: »Kennedy war so erfolgreich, dass er Neider auf den Plan rief. Man hätte ihn besser schützen müssen.«

A: Ja, das könnte ein Motiv gewesen sein. Oswald beneidete den Präsidenten um dessen attraktive Frau. Alles, was er anpackte, lief schief: Lee hatte kein Auto, kein Geld, eine unattraktive Frau. Durch die Ermordung Kennedys wollte er sich an der amerikanischen Gesellschaft rächen.

F: Was verstehen Sie unter besserem Schutz?

A: Als ich von einem Botschaftsmitarbeiter in Port-au-Prince hörte, was in Dallas passiert war, dachte ich sofort an Oswald, noch bevor im Radio sein Name fiel. Da war die Rede von einem gewissen Lee –

F: Sie wussten Bescheid. Warum?

A: Weil Oswald ein Irrer war, dem wir alles zutrauten.

F: Dachten Sie dabei an sein Gewehr?

A: Sofort kam mir das Gewehr in den Sinn, mit dem er in Dallas Schießübungen machte. Wir waren auf dem Heimweg von einem Dinner bei Al Fayed, und ich –

F: In Ihrem Brief an Mrs. Auchincloss schreiben Sie: »Ich hoffe, Marinas Baby wird durch das Attentat nicht stigmatisiert. Trotz aller Beweise hege ich Zweifel an Oswalds Schuld.«

A: Ich habe oft genug erklärt, worin mein Zweifel bestand: Oswald hatte keinerlei Hass auf John F. Kennedy.

F: Haben Sie Hinweise auf Hintermänner oder Mitwisser des Attentats?

A: Nein, nichts. Wie anderswo auch waren in Haiti Gerüchte in Umlauf: Dass Oswald den Präsidenten nicht ermordet hat, dass eine andere Person auf der Brücke stand und die tödlichen Schüsse abgab. Darüber wurde endlos debattiert.

F: Sie glauben nicht an Spekulationen, aber Sie hielten an Ihren Zweifeln fest.

A: Sagen wir so: Ein unbestimmter Zweifel bleibt.

F: Was hatte Sie nach Haiti geführt?

A: 1956 begann ich geologische Erkundungen im Norden Haitis, wo Öl und Erdgas vermutet wurden. 1961 kehrte ich nach Port-au-Prince zurück, aber erst 1963 war das Projekt so weit gediehen, dass wir die Arbeit aufnehmen konnten.

F: Ist Ihnen der Name Clémard Charles ein Begriff?

A: Clémard Joseph Charles war Direktor der *Banque commerciale d'Haiti*, die das Geschäft eingefädelt und uns den Kontakt zur Regierung vermittelt hat.

F: Vor mir liegt eine Straßenkarte Haitis, herausgegeben von der Firma *Texaco*, in die jemand Kreise und Zickzacklinien gezeichnet und erklärende Worte eingefügt hat. Ist das Ihre Handschrift, Mr. Mohrenschildt?

A: Korrekt.

F: In der rechten oberen Ecke gibt es einen Pfeil, der auf eine Insel zeigt. Darunter haben Sie das Wort *Caracol* geschrieben. Was bedeutet das?

A: Ein Badestrand.

F. Und hier?

A: *Chou-Chou-Beach*. Ebenfalls ein Strand.

F: Weiter unten zeigt ein Pfeil auf *Montrouis*, der Ortsname ist unterstrichen.

A: Mögliche Ölvorkommen.

F: Der Name *Port-au-Prince* ist mit Ausrufezeichen versehen, ein Pfeil zeigt auf *Pétionville*, daneben ein unleserliches Wort.

A: *Hôtel Ibo Lélé.*

F: Der Ortsname *Aux Cayes* ist unterstrichen.

A: Ölvorkommen. 1961 gab der zuständige Minister mir den Auftrag, Öl- und Gasvorkommen zu suchen und Haitis Staatsgebiet geologisch zu erkunden.

F: Welcher Minister?

A: Das Minenministerium in Port-au-Prince.

F: Stand Ihre Tätigkeit im Widerspruch zu militärischen oder politischen Interessen der USA?

A: Haiti ist mehrmals von der US-Navy kartographiert worden, alle Land- und Seekarten sind öffentlich zugänglich. Ich beschäftigte einen Prospektor aus Alaska und arbeitete mit der *Inter American Geodetic Survey* zusammen, unsere Büros lagen praktisch Tür an Tür.

F: Und wer hat Sie bezahlt?

A: Haitis Regierung versprach mir 285.000 Dollar Honorar, davon 20.000 als Vorschuss in bar, der Rest in Anteilen an einer Sisal-Plantage in Montrouis, die Clémard Charles gehörte. Er übernahm die Buchführung, ich die geologische Erkundung vor Ort.

F: Hatte Lee Harvey Oswald etwas mit Ihren Aktivitäten in Haiti zu tun?

A: Nein, er war mir damals schon suspekt, denn Oswald hatte einen Protestmarsch für Fidel Castro in New Orleans organisiert. Man hätte ihn schärfer überwachen müssen.

F: Am 12. Dezember erwiderte Mrs. Auchincloss auf Ihren Beileidsbrief, ich zitiere: »Lieber George, vielen Dank für Ihre tröstenden Worte. Es ist ungewöhnlich, dass Sie Jacqueline als Kind gekannt haben und gleichzeitig mit Oswald befreundet waren. Was für ein Zufall!« Als Antwort schickten Sie ihr eine Neujahrskarte mit dem handschriftlichen Zusatz: »Bin empört über die Vorgänge in Dallas.« Was meinten Sie damit?

A: Den Mord an Kennedy, Oswalds Ermordung durch Ruby und den Tod des Polizisten, den Lee Harvey Oswald erschoss.

F: Kannten Sie Jack Ruby oder sind Sie ihm jemals persönlich begegnet?

A: Nein, nie.

F: Mr. Mohrenschildt, gibt es etwas, was Sie *off the record* sagen möchten?

A: Ich habe alles gesagt.

F: Sie sind freiwillig hier erschienen, ohne äußeren Druck?

A: Ja, und ich hoffe, meine Aussage trägt zur Wahrheitsfindung bei.

F: Sie können den Text in Ruhe gegenlesen. Nehmen Sie sich Zeit. Wenn Sie keine Einwände haben, unterschreiben Sie hier.

P. S.

Am 29. März 1977 schoss sich der an Depressionen leidende George de Mohrenschildt in Dallas eine Schrotladung in den Mund. Vorher hatte er vergeblich beim FBI um Schutz nachgesucht, weil er sich von Juden und Kommunisten verfolgt und vom KGB bespitzelt fühlte. Die Tatsache, dass er keinen Abschiedsbrief hinterließ, gab Gerüchten Nahrung, Mohrenschildt habe sich nicht selbst getötet, sondern sei von Auftragskillern der Mafia ermordet worden.

6

Beim Auschecken aus dem Hotel Lamandou sah ich aus dem Augenwinkel heraus eine spindeldürre Person, die sich an meinem Auto zu schaffen machte: Der sehnige Hals, die Geiernase – kein Zweifel, es war der aus dem Totenreich zurückgekehrte Mister Thompson, von Freunden Lobster genannt.

»Ich dachte, du seist gestorben?«

»Das dachte ich auch. Aber man hat mich zurückgeschickt, um einen schmutzigen Job zu erledigen. *Unfinished business*, wie man auf Englisch sagt!«

Thompson spuckte in ein zerknülltes Tuch und wischte einen lila Fleck von der Windschutzscheibe, Vogelscheiße, wie es schien. Ich drückte ihm einen Zehndollarschein in die Hand. »Bird droppings«, murmelte Lobster angewidert und schüttelte den Kopf. Dann verbeugte er sich, zog den Hut und entblößte seinen Schädel, von dem Blut troff, als habe ein Irokese ihm den Skalp geraubt.

DAS DRITTE UFER DES FLUSSES

»Unde eşti tu, Ţepeş?« – »Wo bist du, Pfähler?«
(Rumänische Redensart)

1

Mein Name ist Dracula, Graf Dracula genauer gesagt, und ich bin der letzte Überlebende eines alten Adelsgeschlechtes, obwohl nicht sicher ist, ob ich noch am Leben oder schon vor fünfhundert Jahren gestorben bin – das eine schließt das andere nicht aus. Ich komme aus dem hintersten Transsilvanien, das nie von fremden Heeren erobert worden ist: Hunnen, Bulgaren, Mongolen und Türken scheiterten an den mit Palisaden gespickten Mauern meiner Burg, auf die ich die Köpfe besiegter Feinde steckte, und nur mit Bussen angekarrten Touristen gelang es, Knoblauchketten und Kruzifixe schwenkend, in den Burghof einzudringen und von meinem bemoosten Sarkophag und dem mit Spinnweben verklebten Ballsaal des Schlosses Fotos zu machen. Vorher hatte fünfhundert Jahre lang niemand meine Friedhofsruhe gestört; nur einem gewissen van Helsing, der im vorvorigen Jahrhundert Transsilvanien bereiste, gelang es, mich aus dem ewigen Schlaf zu wecken; er hat meine Geschichte einem irischen Alkoholiker namens Bram Stoker erzählt, und der hat sie mit frei erfundenen Details zu Papier gebracht und zu Geld gemacht. Wie ich höre, soll das Machwerk des Iren sogar verfilmt worden sein – hundertsechsunddreißig Mal, wenn ich mich nicht irre.

Apropos Film: Vor nicht allzu langer Zeit besuchte mich ein polnischer Regisseur, dessen Name mir entfallen ist, und bestand darauf, am Originalschauplatz meiner Geschichte einen Film zu drehen, der Authentizität wegen, wie er sagte. Der Regisseur kam aus einem Ort, von dem ich noch nie gehört hatte, Hollywood oder so ähnlich, und legte mir einen von seinem Anwalt aufgesetzten Vertrag zur Unterschrift vor, den ich mit meinem, er mit seinem Blut unterzeichnete. Dabei vermischte sich mein blaues mit seinem roten Blut, und so nimmt es nicht wunder, dass die schwangere Frau des Regisseurs auf bestialische Weise ermordet wurde – niemand unterschreibt ungestraft einen Teufelspakt. Später wurde er wegen Vergewaltigung Minderjähriger angeklagt und wartet in der Schweiz auf die Auslieferung nach Hollywood, wo ihm eine lebenslange Gefängnisstrafe droht.

Hundert Jahre lang hatte ich nur Negativschlagzeilen gemacht, und erst nach der Öffnung der Berliner Mauer und des Eisernen Vorhangs, die mit der Jahrtausendwende zusammenfiel, erschien ein Lichtstreif am Horizont – ich sage das, obwohl oder weil ich von Natur aus lichtscheu bin. Das wieder vereinigte Europa besann sich auf seine verschütteten Wurzeln, und es konnte nicht ausbleiben, dass sein nun nicht mehr politisch getrübter Blick auf Transsilvanien fiel: Nicht nur wegen unserer grandiosen Landschaft und ökologisch intakten Natur, in der Europas letzte Wölfe und Vampirfledermäuse zu Hause sind, die in meiner Burgruine ideale Nistplätze finden. Nein: Transsilvanien ist eine Wiege und nie versiegende Quelle der europäischen Kultur, denn es war meine Heimat, die das anämisch gewordene, von Lebensüberdruss erfüllte Europa über Jahrhunderte hinweg mit frischem Blut versorgt und rote Farbe auf seine blassen Wangen gezaubert hat. Daran ist nicht zu rütteln, und wer anderer Meinung ist, der trete vor den Spiegel und betrachte sein eigenes Konterfei, sofern er oder sie noch einen Schatten wirft. Doch ich bin dabei, meiner Geschichte vorzugreifen.

Die Völker Osteuropas erinnerten sich der Adelsgeschlechter, die sie nicht immer weise, aber streng und gerecht regiert hatten – anders als ihre vulgären Nachfolger mit Namen auf -escu oder -ovitch, die den Karren in den Dreck fuhren. Und es war nur noch eine Frage der Zeit, bis die Nachkommen von Skanderbeg oder Zar Simeon, deren Porträts heute Cognac- und Weinflaschen schmücken, wieder auf ihren angestammten Thronsesseln Platz nehmen würden.

So überraschte es mich nicht, als mir ein Schreiben ins Haus flatterte – der Postbote schob das versiegelte Kuvert durch eine als Briefschlitz dienende Ritze in meinen Sarg – mit der Anfrage, ob ich bereit sei, als UNESCO-Botschafter nach Paris zu gehen, um die in Transsilvanien entzündete Fackel der europäischen

Kultur in die Welt hinaus zu tragen. Wie in solchen Fällen üblich, bat ich mir Bedenkzeit aus, aber da Frankreich das einzige Land Europas ist, wo ein Botschafterposten noch etwas gilt, stand mein Entschluss im Vorhinein fest.

2

Die transsilvanische Botschaft befindet sich im siebten Bezirk von Paris, Avenue de la Motte Picquet, schräg gegenüber vom Hôtel des Invalides, das Ludwig XIV. für seine kriegsverletzten Soldaten errichten ließ. Tagsüber ist hier die Botschaft der Republik Haiti untergebracht, deren Flagge über dem Eingangstor weht, und nachts wird das aus dem 18. Jahrhundert stammende Palais von seinen ursprünglichen Bewohnern bevölkert, Damen in Reifröcken und Herren mit gepuderten Perücken, die hinter herabgelassenen Jalousien rauschende Feste feiern, angeführt vom Gesandten des Königreichs Transsilvanien, von dem Haiti das leerstehende Gebäude nach dem Ersten Weltkrieg erwarb. Damals endete die Existenz Transsilvaniens als selbständiger Staat, und heute gehen die Pariser Passanten achtlos an dem in die Mauer eingelassenen Basrelief vorbei, auf dem eine Faust mit einem Hammer sowie ein von einem Holzpflock durchbohrtes Herz abgebildet ist, das Wappen von Transsilvanien, das mir persönlich nicht gefällt, weil es ungute Erinnerungen weckt: Ein vom World Wildlife Fund gestaltetes Poster, auf dem ein heulender Wolf und eine Vampirfledermaus bei Vollmond zu sehen sind, ist mir lieber, weil es die Bemühungen transsilvanischer Behörden zum Schutz bedrohter Tierarten zeigt – Nachhaltigkeit ist der Fachausdruck dafür.

Bei der Ankunft in Paris schaute ich mich nach einer standesgemäßen Unterkunft um, und es dauerte nicht lange, bis ich fündig wurde: Gemeint ist der Invalidendom, dessen goldene Kuppel ganz Paris überstrahlt und von den Fenstern der Botschaft aus gut zu sehen ist. Hier verkroch ich mich vor dem Tageslicht in einem Porphyrsarkophag, der im Innern mehrerer, ineinander verschachtelter Särge die sterblichen Überreste Napoleons enthielt, von dem nicht viel übriggeblieben war: Ich schob den Schädel zur Seite und machte es mir auf einem Samtkissen bequem, das dem Zahn der Zeit besser standgehalten hatte als die morschen Knochen, vor denen einst Europa gezittert hatte. Nach Sonnenuntergang verließ ich die Gruft und ging schräg gegenüber zur Botschaft, wo mein Hausdiener Ion auf dreimaliges Klopfen hin die Tür aufschloss, nachdem ich die Frage: »Wer da?« mit dem Passwort »Sesam öffne dich!« beantwortet hatte. Ion ist ein buckliger Zwerg, der wie der Glöckner von Notre Dame über beachtliche Körperkräfte verfügt, wie viele Transsilvaner aber geistig zurückgeblieben ist, und ich staunte nicht schlecht, als er mir, kaum hatte ich es mir am Schreibtisch bequem gemacht, einen Besucher meldete. VAN HELSING stand auf der mit goldenen Lettern bedruckten Visitenkarte, und obwohl der Name des Mannes mir bekannt vorkam und Ion bei allen Heiligen schwor, ihm noch nie begegnet zu sein, gelang es mir nicht, den Mann näher einzuordnen: Nur das unrasierte Gesicht und der stechende Blick seiner Augen weckten eine vage Erinnerung.

»Kennen wir uns von irgendwoher?« – »Das tut nichts zur Sache, *Vlad*.«

Van Helsing – falls er wirklich so hieß – sprach mich mit meinem Adelstitel an. »Ich bin Ihr neuer Manager, Ihr Coach, wie man heutzutage sagt, und Ban Ki-moon, der Generalsekretär der Vereinten Nationen, hat mich beauftragt, Sie persönlich einzuweisen in Ihren Job. Als UNESCO-Botschafter repräsentieren Sie nicht nur sich selbst, will sagen: das Königreich Transsilvanien und dessen traditionelles Herrscherhaus, sondern die Weltkulturerbekommission und andere Unterabteilungen der Vereinten Nationen. Wir werden deshalb Ihr Aussehen leicht verändern müssen, denn die Zeiten sind vorbei, als man bei der bloßen Erwähnung Ihres Namens eine Gänsehaut bekam. Die Mehrheit der Weltbevölkerung ist heute unter sechzehn, und viele junge Menschen haben keinen blassen Schimmer davon, was sich hinter dem Namen Dracula verbirgt und wofür er steht.«

Van Helsing überreichte mir einen Kulturbeutel, kurz *Kit* genannt, der alle zur Auffrischung meines Images nötigen Ingredienzen enthielt, vom Achselspray bis zur elektrischen Zahnbürste. In den Zwischenräumen meiner Zähne, meinte mein neuer Impresario, hätten sich Taschen gebildet, aus denen Blut quelle, was meinem ohnehin morbiden Image nicht zuträglich sei –

ganz abgesehen vom üblen Geruch in Zahnlücken verwesender Fleischfetzen. Van Helsing schärfte mir ein, mein Gebiss nach jeder Mahlzeit mit Zahnseide zu reinigen und anschließend mit antiseptischem Mundwasser zu gurgeln – *Prophylaxe* nannte er das – und mich nicht nur unter den Achseln, sondern von Kopf bis Fuß einzusprühen. »Sie verbreiten Leichengeruch, Vlad!« Einzig die meiner Eigenliebe schmeichelnde Anrede hielt mich davon ab, mich auf van Helsing zu stürzen und meine Eckzähne in seinen Hals zu graben, dessen faltige Haut eher an eine Galapagos-Schildkröte als an den Homo sapiens erinnerte. Erst bei näherem Hinsehen entdeckte ich einen gekreuzten Einschnitt an seiner Halsschlagader, aus dem Blut auf seinen Kragen tropfte. »Ich habe mich beim Rasieren verletzt«, murmelte van Helsing, als er das verräterische Aufflackern meiner Augen bemerkte, und stillte die Blutung mit einem Tempotaschentuch.

»Es gibt drei Lehrpfade durch Europa«, sagte Mrs. Moneypenny, die Assistentin des Generalsekretärs, deren Anwesenheit ich erst jetzt bemerkte – als stummer Diener getarnt, hatte sie unser Gespräch belauscht. »Der erste Pfad führt von der Schlacht auf den katalaunischen Feldern, wo Aëtius den Hunnenkönig Attila schlug, über Kalkriese im Teutoburger Wald zum Völkerschlachtdenkmal in Leipzig und von dort nach Stalingrad, einem wichtigen Wendepunkt der europäischen Geschichte. Der zweite Pfad führt vom Windpark im Wattenmeer über die Elbtalaue bei Gorleben zum Elbsandsteingebirge bei Dresden und von dort in die Karpaten, wo Sie herstammen. Hier geht es um sanften Tourismus und nachhaltige Entwicklung, zwei nicht zu unterschätzende Sympathieträger. Wer den dritten Pfad einschlägt, wird von allen Sünden gereinigt. Es handelt sich um den Pilgerpfad nach Santiago de Compostela, den zu beschreiten mein Chef Ihnen empfiehlt. Ban Ki-moon ist selbst ein wiedergeborener Christ!«

»Ich bleibe vorerst in Paris«, hörte ich mich sagen. »Morgen ist die lange Nacht der Museen, und ich möchte dem Louvre einen Besuch abstatten. Genauer gesagt der Gioconda, die ich von früher her kenne. Ich meine nicht Leonardos Gemälde, sondern die darauf abgebildete Person. Wir waren so gut wie verlobt!« Ich tupfte mir eine Träne von der Wimper.

»Und was machen Sie tagsüber, wenn man fragen darf?«

»Ich steige in die Katakomben hinab und sehe mir die sterblichen Überreste früherer Generationen an.«

»Im ernsten Beinhaus war's, wo ich beschaute / wie Schädel Schädeln angeordnet passten«, deklamierte van Helsing, dessen Hals wie ein Hahnenkamm schwoll, während er mit seiner klassischen Bildung protzte.

»Ich habe eine bessere Idee«, meinte Mrs. Moneypenny. »Gehen Sie zum Institut Pasteur und holen Sie sich dort eine frische Bluttransfusion. Aber vergessen Sie nicht, sich vorher mit Achselspray einzusprühen!« Und sie drohte mir scherzhaft mit dem Zeigefinger.

3

Ich weiß nicht mehr, welcher Gott oder Teufel mich geritten hat und warum ich das Martyrium auf mich nahm – oder war es ein Initiationsritual? Der erste Teil war der einfachste: Ich besuchte die berühmtesten Schlachtfelder der europäischen Geschichte, bei Tageslicht, wie sich das gehört, perfekt getarnt als Gutachter der Weltkulturerbekommission, für den ein roter Teppich ausgerollt wird. Nur mein violettes Cape, die dunkle Brille und der Schlapphut, den ich trug, verrieten Eingeweihten meine wahre Identität, während ich Schulklassen abschritt, mich in goldene Bücher eintrug und Stadtschlüssel überreicht bekam. Als Sonderbotschafter der UNESCO war ich zuständig für Frieden und Völkerverständigung, Jugend, Kultur und Sport, und die zu meinem Empfang angetretenen Honoratioren ahnten nichts von dem Schlachtenlärm, der in meinen Ohren widerhallte, denn als Wiedergänger und Nachzehrer habe ich nicht nur den sechsten Sinn, sondern auch ein absolutes Gehör. Während das Stadtorchester einen Tusch spielte und der Bürgermeister seine Begrüßungsrede hielt, hörte ich das Scharren Abertausender Hände und Füße: Es waren die Seelen, nein die Körper der Gefallenen oder Verstümmelten, die sich unter der Erde zusammendrängten, um mir eine Botschaft zukommen zu lassen, deren Sinn außer mir niemand verstand: Sie lechzten nach einem neuen Krieg, der die Erde knöcheltief, nein kniehoch überschwemmen würde mit Blut, damit das Lebenselixier zu ihnen hinabsickern und ihre durstigen Kehlen tränken konnte. Ihr Kriegsgeschrei nervte mich, denn ich wusste nur zu gut, dass die Lemuren mich in Stücke reißen würden, wenn ich ihnen in einer mondlosen Nacht auf einem Schlachtfeld in die Arme liefe – sie missgönnten mir die irdische Existenz.

Ich hatte genug gesehen und gehört und verzichtete auf die letzte Station der Goodwill-Tour, den Besuch in Wolgograd alias Stalingrad, nach Absprache mit Ban Ki-moon, denn die Beziehungen des Generalsekretärs zu den Machthabern des Kreml waren wegen dessen Nordkorea-Politik gespannt. Um mich vom Schlachtenlärm zu erholen und den Ökotouristen mit gutem Beispiel voranzugehen, wanderte ich durchs Elbsandsteingebirge, am liebsten bei Nacht, von Vampirfledermäusen umflattert und von einem grauen Wolf eskortiert, der sich von den Karpaten ins Erzgebirge durchgebissen hatte. In Vollmondnächten heulte er den Mond an, und um sich und mich zu laben, schlug er ein Schaf, das blutleer, ansonsten aber unversehrt, am Elbdeich gefunden wurde. Die niedersächsische Forstverwaltung – oder war es die untere Tierschutzbehörde? – gab den Räuber zum Abschuss frei, und als die Elbe-Jeetzel-Zeitung von einem Wolf berichtete, der in der Jeetzel-Niederung aufgetaucht sei, hatte der sich längst nach Transsilvanien abgesetzt, während ich der Elbmündung nahe war. Ich stapfte durch gluckernden Schlick, und als die Salzflut meine Schuhe überspülte, kletterte ich auf einen Grobian – so heißen die Windmühlen im Wattenmeer – und wartete in luftiger Höhe das Einsetzen der Ebbe ab.

Die mühsamste Etappe stand mir noch bevor, denn der Pilgerpfad nach Santiago de Compostela war, anders als sein Name verhieß, kein einsamer Wald- oder Feldweg, sondern eine mehrspurige Autobahn, auf der es tagsüber und sogar nachts von Menschen wimmelte, Leute eines bestimmten Typs, deren Nähe mir Übelkeit verursachte: Christliche Pilger, die, um sich vor Krankheiten oder Dämonen zu schützen – beides lief auf dasselbe hinaus –, mit Knoblauch gewürzte Speisen aßen. Das hielt mich davon ab, meine Zähne in ihre Hälse zu graben, weil nicht nur ihr Atem, sondern auch ihr Blut nach Knoblauch stank – in kluger Voraussicht hatte ich mich im Institut Pasteur mit Kunstblut eingedeckt, das ich in einer Kühltasche bei mir trug. Noch dazu hatten es sich die Pilger in den Kopf gesetzt, jeden des Weges kommenden Passanten zum rechten Glauben zu bekehren, und brachten mich damit in Verlegenheit. Um sie abzuwimmeln, gab ich vor, Moslem oder Jude zu sein, was ihre Bekehrungswut noch steigerte, und erst als ich behauptete, ich sei ein Nestorianer, der nicht an die Dreieinigkeit glaubt – Jesus sei zwar Gottes Sohn, aber ein gewöhnlicher Mensch –, ließen sie kopfschüttelnd von mir ab. Trotzdem versuchten sie immer wieder, mich in Kirchen oder Kapellen zu zerren, deren Besuch mir zuwider war, und nur indem ich ein dringendes Bedürfnis vorschützte, gelang es mir, mich davonzustehlen und zur Ruhe zu betten im Schatten eines bemoosten Sarkophags. Beim Überqueren der Pyrenäen hörte ich in der Ferne ein Wolfsrudel heulen, doch der Knoblauchdunst hielt die scheuen Tiere davon ab, mir wie sonst das Geleit zu geben. Nach der Ankunft in Santiago de Compostela aber halfen alle Ausreden nichts: Ich zierte mich nicht länger, beugte mich dem Willen meiner Mitreisenden und bekam in der Kathedrale des Heiligen Jakob das Abendmahl zugeteilt. Zwar gelang es mir, die Oblate in ein Taschentuch zu wickeln und auf der Toilette zu entsorgen, aber hinterher fühlte ich mich in wundersamer Weise erquickt und erfrischt. Der Messwein hatte das in seinem Namen enthaltene Versprechen wahr gemacht: Er hieß nicht nur Sangre Cristi – er schmeckte auch so.

P. S.

»Sie haben Farbe bekommen«, sagte van Helsing, der mich auf dem Bahnsteig der Gare de Lyon erwartete. »Die apfelroten Wangen stehen Ihnen gut, aber um Sie von einem lebenden Toten in einen postmodernen Menschen zu verwandeln, müssen wir ein wenig nachhelfen oder nachbessern, wie man neuerdings sagt. Ich hatte Sie vorgewarnt, aber wenn Sie die Prophylaxe zu lax handhaben und die Zwischenräume Ihrer Zähne nicht regelmäßig mit Zahnseide reinigen, kommen wir nicht umhin, Ihnen die Reißzähne zu ziehen. Die spitzen Hauer brauchen Sie ohnehin nicht mehr, denn vegetarische Kost ist gesünder als Fleisch. Keine Sorge, der Eingriff erfolgt mit örtlicher Betäubung, Sie spüren nichts.« – »Ich möchte meine Eckzähne lieber behalten.«

»Wie Sie wünschen. Ich gebe Ihnen eine Gnadenfrist – aber nur auf Widerruf.«

4

Mehr als ein halbes Jahrtausend war verflossen, seit ich der Gioconda erstmals Auge in Auge gegenüberstand, aber ihr Lächeln war noch genauso rätselhaft wie damals, und sie erkannte mich auf Anhieb wieder; jedenfalls kniff sie, als sie meiner ansichtig wurde, ihr linkes Auge zusammen, dessen Blickrichtung nicht mit dem rechten übereinstimmte, und das deshalb als Auge der Seele galt – schielen ist der landläufige Ausdruck dafür. Die lange Nacht der Museen war vorüber, der Morgen dämmerte, auf den Quais am Seineufer rieben Parkwächter und Polizisten sich den Schlaf aus den Augen, während obdachlose Alkoholiker in U-Bahnhöfen ihren Rausch ausschliefen. Ich hatte mich im Louvre einschließen lassen, um, ungestört von Touristen, die rund um die Uhr in dichten Trauben das Gemälde umlagerten, mit meiner Verlobten plaudern zu können. Ja, Du hast richtig gehört, lieber Leser: Ich spreche von der Mona Lisa, genannt La Gioconda, der zweiten Frau des Kaufmanns Giocondo, die kurz zuvor einen gesunden Knaben zur Welt gebracht hatte, und nicht von Isabella d'Este, der Marquise von Mantua, oder von Gian Giacomo de Caprotti, Leonardos Geliebtem, den dieser nach Ansicht neunmalkluger Kunsthistoriker in Frauenkleidern porträtiert haben soll. Auch ein Selbstbildnis des Meisters oder ein Konterfei seiner Mutter scheidet mit Sicherheit aus, denn ich war dabei, als die Gioconda für den Maestro Modell saß, genauer gesagt, ich stahl mich in das Turmzimmer, auf dessen Balkon sie posierte, in einen Schleier aus Tüll gehüllt, wie Frauen ihn vor und nach der Geburt damals trugen, kniete vor ihr nieder und benetzte ihren Handrücken mit heißen Tränen, während Leonardo sich nebenan mit seinem Liebhaber vergnügte. Ich erinnere mich nicht, ob die Mona Lisa meine Gefühle erwidert und meine Schwüre erhört hat – kein Wunder nach all den Jahren. Die Geschehnisse dieses Tages verschwimmen hinter einem Duschvorhang von Tränen, aber ich weiß noch, wie die Geschichte endete: Die Gioconda sitzt neben mir in der lila lackierten Kutsche, in der ich sie bei Nacht und Nebel nach Transsilvanien entführe, vor uns die von Raben umkrächzten Zinnen meiner Burg, deren Zugbrücke rasselnd hochfährt, ihre Augen sind schreckhaft geweitet und sie gräbt ihre Fingernägel in meinen Oberarm, während die Rappen zum Sprung ansetzen und mit ins Leere rudernden Hufen, angstvoll wiehernd, mitsamt der Kutsche in den Abgrund stürzen. Graue Felswände sausen am Kutschfenster vorbei, und das letzte Bild, das mir vor Augen steht, ist der Schwanenhals der Gioconda, in den ich, um ihr und mir Schlimmeres zu ersparen, meine Eckzähne schlage, begleitet vom Heulen hungriger Wölfe, die sich in der Tiefe des Tals, wo die Kutsche in wenigen Sekunden aufschlagen wird, zu einer üppigen Mahlzeit versammeln.

5

Ich lag im Innern meines Sarges und dachte nach. Auge in Auge mit den leeren Augenhöhlen von Napoleon Bonaparte dachte ich über die Zukunft Europas nach, genauer gesagt über die Weltkulturerbekommission, in deren labyrinthische Bürokratie ich mich tief genug eingearbeitet hatte, um zu wissen, dass die UNESCO wie ein steuerloser Supertanker auf ein Korallenriff zulief und bei der Kollision eine ökologische Katastrophe auslösen würde, mit der verglichen die Ölpest im Golf von Mexiko nur ein Tintenklecks war. Der Tanker war hoffnungslos überladen, denn die UNESCO hatte zu viele nicht festgezurrte Projekte an Bord, die im Frachtraum hin- und herschlingerten: Von der Bibliothek von Alexandria zur Brücke über die Neretva, von den Everglades in Florida bis zur Zeche *Alter Zollverein*, nicht zu vergessen den Homo heidelbergensis, dessen DNA-Struktur der des modernen Menschen glich, und den Fußabdruck, den Lucy, die aufrecht gehende Äffin, im Lavasand des Rift Valley hinterlassen hatte. Die rote Liste bedrohter Kulturdenkmäler schrieb sich von selber fort, und wie bei einer kratzenden Schallplatte tauchten immer dieselben Ortsnamen auf, weil die Restaurierung Folgeschäden verursachte und Langzeitprobleme heraufbeschwor, die nicht vereinbar waren mit dem erklärten Ziel der Nachhaltigkeit: Ganz zu schweigen von der Frage, wie die Weltorganisation mit dem Budget eines Bundesligavereins das bedrohte Kulturerbe von 193 Staaten retten wollte, oft genug gegen den Willen der Betroffenen. Und es war schwer zu verstehen und noch schwerer zu vermitteln, warum der Erhalt von Industrieruinen Vorrang hatte vor den Bedürfnissen der Anwohner, wie mit dem UNESCO-Emblem gekennzeichnete Kulturdenkmäler von Kriegsschäden verschont bleiben sollten und was sie von gewöhnlichen Touristenattraktionen unterschied.

Über diese und andere Fragen sann ich nach, ohne zu einem Ergebnis zu kommen, als jemand von außen gegen den Deckel meines Sarkophags klopfte. »Niemand zu Hause, zwecklos«, sagte ich – mit diesem Satz vertreibt man in Transsilvanien Vampire, die nachts an geschlossenen Fensterläden rütteln, und da die Vampire noch dümmer sind als die Transsilvaner, geben sie sich mit der Auskunft zufrieden und trollen sich. Der ungebetene Besuch aber machte keine Anstalten dazu, im Gegenteil, er klopfte dreimal laut und vernehmlich und befahl mit gebieterischer Stimme, den Deckel zu öffnen. Diesen Befehl hätte nur mein Leibdiener Ion ausführen können, der, wie gesagt, über Bärenkräfte verfügte, aber geistig minderbemittelt war, weshalb die UNESCO ihm gekündigt hatte, denn ein Pariser Concierge oder *Gardien*, wie er neuerdings hieß, muss perfekt mit Computern umgehen können. Doch keine Sorge, lieber Leser, die UNESCO hatte einen Sozialplan, Plan B genannt, und auf diesem Weg habe ich dem guten Ion eine Stelle als Glöckner in Notre Dame verschafft.

»Sesam, öffne dich«, rief der Fremde. Zu meiner Überraschung glitt der zentnerschwere Deckel durch Zauberkraft bewegt auf, und zusammen mit dem einströmenden Tageslicht fiel ein Schatten ins Innere meines Sarkophags. Demnach war der Eindringling kein Vampir, der keinen Schatten wirft, sondern ein menschliches Wesen, sofern man den Grabschänder so nennen will, dessen Konturen ich, blinzelnd im Gegenlicht, mehr erahnte als vor mir sah. Er trug eine Ray-Ban-Brille, einen flaschengrünen Anzug und zweifarbige

Schuhe aus den fünfziger Jahren des vorigen Jahrhunderts, als Elvis *Blue Suede Shoes* sang und Fellini *La Dolce Vita* drehte, mit dem Busenwunder Anita Ekberg in der Hauptrolle.

»Mein Name ist Malaparte«, sagte der Fremde. »Sie haben richtig gehört, Malaparte wie Bonaparte. Unter diesem Pseudonym habe ich meine Bücher veröffentlicht, aber mit bürgerlichem Namen heiße ich Suckert, Kurt Suckert.«

»Und warum haben Sie sich einen erfundenen Namen zugelegt?«

»Aus demselben Grund, aus dem Giacomo Casanova sich Ritter von Seingalt nannte, obwohl er der uneheliche Sohn einer Schauspielerin und nicht von Adel, sondern ein Hochstapler war. Übrigens wollte ich Sie immer schon kennenlernen. Darf ich mich zu Ihnen legen?«

Die Bitte überraschte mich, aber ich räumte Napoleons Knochen zur Seite und machte dem Eindringling Platz, der sich unaufgefordert neben mich bettete, während sich der Deckel des Sarkophags, wieder von Zauberhand, über ihm schloss.

»Ich bin ein schlechter Mensch, wie schon mein Name besagt.« Nach dieser Präambel setzte mein Sarggenosse, wenn ich ihn so nennen darf, zu einem längeren Vortrag an, der mich gegen meinen Willen einschläferte: Sauerstoff ist knapp im Innern eines Sarkophags, und durch unaufhörliches Reden verbrauchte er so viel davon, dass ich Traum und Wirklichkeit nicht mehr unterschied.

»Mein Werk ist negativ konnotiert wie der in viele Sprachen übersetzte Roman *Kaputt*, der den Zustand Europas während und nach dem Zweiten Weltkrieg schildert. Das einzig Positive, das ich hinterließ, ist eine Villa auf Capri, die ich mit dem Honorar meiner Kriegsberichte finanzierte. In einem Buch mit dem Titel *Die Technik des Staatsstreichs* hatte ich den Fehler begangen, Adolf Hitler als hysterisches Weib zu verspotten, und so vergingen zehn Jahre, bis der *Corriere della Sera* die Erlaubnis bekam, mich als Kriegsreporter ins von der Wehrmacht besetzte Osteuropa zu schicken. Hier lernte ich Hans Frank kennen, den Chef des Generalgouvernements, mit dem ich mich auf Anhieb gut verstand, und in einer finnischen Sauna traf ich den Stellvertreter des Führers, Heinrich Himmler, der mir, nach Luft japsend, die Judenvernichtung beichtete, während ich ihm mit Birkenreisern den Rücken peitschte. Himmlers Penis war verschrumpelt, und der Herr über Leben und Tod von Millionen KZ-Häftlingen hatte Schwierigkeiten beim Pinkeln, weil er, um wach zu bleiben, Tag und Nacht Kaffee trank. Nach der Landung der Alliierten schrieb ich meine Kriegsberichte von Hitler auf Stalin um: Das war nicht schwierig – es genügte, aus asiatischen Horden klassenbewusste Proletarier zu machen, und der *Corriere della Sera* druckte die Texte nach. Als der Schwindel aufflog, wurde ich von der Parteizeitung *L'Unità* als Renegat diffamiert und forderte den Chefredakteur zum Duell auf. Ich verschaffte mir Zutritt zu seinem Büro und legte einen geladenen Revolver auf den Tisch, aber statt uns gegenseitig totzuschießen, leerten wir eine Flasche Grappa und gingen als Freunde auseinander. Ich wurde Mitglied der KPI, deren Sympathisant ich die ganze Zeit über gewesen war, und besuchte einen Solidaritätskongress in Chile, wo Pablo Neruda mich mit offenen Armen empfing. Anschließend reiste ich in die Volksrepublik China, die auf Befehl des Vorsitzenden Mao ansetzte zum Großen Sprung nach vorn. Zwar tat Mao mir nicht den Gefallen, den katholischen Bischof freizulassen, der in einem Umerziehungslager vegetierte, aber Außenminister Zhou Enlai lud mich ein, ihn nach Hangzhou zu begleiten, wo ich Graskarpfen in Essigsoße aß. Hinterher wurde mir übel, und ich starb nach der Rückkehr an Fischvergiftung in einem römischen Hospital.«

»Und was hat das alles mit mir zu tun?«

»Sehr viel. Oder lesen Sie keine Zeitungen?«

Von draußen drang Lärm an mein Ohr, ein chaotisches Gewirr menschlicher Stimmen, übertönt vom Wiehern von Polizeipferden und Pfiffen auf Trillerpfeifen, die Glocken des Invalidendoms läuteten Sturm, in den andere Kirchen einfielen, angeführt von der Kathedrale Notre Dame, wo der Glöckner Ion den Ton angab und wie ein Trapezkünstler in den Tauen hing. Erst jetzt dämmerte mir, was die Stunde geschlagen hatte. In Paris wurde gestreikt: Ein unbedeutender Anlass, die Privatisierung einer staatlichen Schule oder die Verstaatlichung einer Privatschule, hatte eine Kettenreaktion ausgelöst, die vom Massenprotest anschwoll zum Generalstreik: Das Volk von Paris belagerte den Invalidendom und forderte die Wiedereinsetzung Napoleons, der Gerüchten zufolge aus dem Grab auferstanden war, um Frankreich in eine glorreiche Zukunft zu führen. Und erst jetzt dämmerte mir, dass mein ungebetener Besucher, der italienische Literat, mich mit seinem Namensvetter und Schutzpatron verwechselt hatte. Ich tat das, was ich in solchen Fällen zu tun pflege – ich grub meine Reißzähne in seinen Hals, aber in seinen Adern floss statt rotem Blut grüne Tinte, die ich angewidert ausspuckte.

6

Ich war unschlüssig. Sollte ich dem Ruf des Volkes oder der Stimme meines Herzens folgen? Schon einmal, nach meiner ersten Abdankung, hatten Abgesandte aller Stände und Stämme Transsilvaniens mich gebeten, die Zügel nicht länger schleifen zu lassen und die Herrschaft wieder auszuüben, ein Wunsch, den ich meinen Bojaren nicht abschlagen konnte. Aber das ist 500 Jahre her – ein Präzedenzfall, der sich nicht auf die Gegenwart übertragen lässt. In schwierigen Lebenslagen habe ich stets auf den Rat von Frauen gehört und fuhr meist gut dabei.

Während mit Hacken und Schaufeln bewaffnete Demonstranten den Invalidendom stürmten, verließ ich das Gebäude durch einen Hinterausgang und bahnte mir mit kräftigen Schwimmstößen, wie Moses beim Auszug aus Ägypten, einen Weg durchs Rote Meer. Beim Anblick meiner Eckzähne wich die Menge erschrocken zurück, eine Gasse öffnete sich und ich gelangte, gegen den Strom schwimmend, zum Louvre, wo ich in der Herrentoilette – vielleicht war es auch eine Besenkammer – den Rest des Tages verschlief. Als es Mitternacht schlug, besuchte ich die Gioconda in dem für sie reservierten Saal. Ein sonst nicht sichtbares Grübchen auf ihrer Wange, die Andeutung eines Lächelns, signalisierte mir, dass sie auf mich gewartet hatte, und wir verharrten in stummer Zwiesprache, Auge in Auge und Zahn um Zahn, denn je tiefer ich ihr in die Augen sah, desto blümeranter fühlte ich mich: Mir schien, als wüchsen Vampirzähne, spitz und scharf wie die Eckzähne, die van Helsing mir hatte ziehen wollen, aus ihrem Mund. Wie ein ungläubiger Thomas runzelte ich die Brauen und fuhr mir mit dem Handrücken über die Stirn. Schon beim nächsten Lidschlag hatte das Phänomen sich verflüchtigt, und die Mona Lisa lächelte so lammfromm wie zuvor, während vor meinem inneren Auge ein Schriftzug erschien: FAC QUOD VULT – tu, was du willst, und ich halb betäubt zum Ausgang wankte, dessen elektronische Sperre ich mit meinem UNESCO-Ausweis außer Gefecht setzte.

Draußen erwartete mich eine vielköpfige Menge, die mich jubelnd, auf Händen und Schultern, durch die in Fahnen und Transparente gehüllten Straßen trug. Vergeblich wehrte ich die Ovationen ab: Der Bürgermeister von Paris überreichte mir die Schlüssel der Stadt, Armee und Polizei unterstellten sich meinem Befehl, Arbeiter und Angestellte beendeten ihre Streiks und nahmen die Arbeit wieder auf, und ein dringendes Bedürfnis vorschützend, begab ich mich zum UNESCO-Büro, um meine Mitarbeiter und Untergebenen von meinem Entschluss in Kenntnis zu setzen. Aber von welchem Entschluss?

7

»Sie haben sich und uns in eine bedenkliche Schieflage gebracht«, sagte van Helsing, der mich in meinem Büro erwartete: Er thronte überlebensgroß hinter dem Schreibtisch, während ich wie ein beim Mogeln ertappter Schüler mit gesenktem Kopf vor ihm stand. »*No politics* – auf diesem Grundsatz basiert die Arbeit der UNESCO, und jeder, der in ihre Dienste tritt, bekennt sich automatisch zu diesem Prinzip – auch Sie, Vlad!« Van Helsing sah mich scharf an. »Es ist strikt verboten, sich in die Politik des Gastlandes einzumischen. Aus Sicht der UNESCO ist das eine Todsünde. Und was lese ich hier?« Er schwenkte eine Zeitung mit rot unterstrichener Schlagzeile. »Mein Volk hat mich gerufen, ich konnte es in dieser schweren Stunde nicht im Stich lassen«, murmelte ich, nicht sehr überzeugend und von dem, was ich sagte, selbst nicht überzeugt. »Welches Volk? Wir sind in Frankreich, nicht in Transsilvanien, und die Franzosen müssen ihre Probleme selber lösen!« – »Der soziale Friede ist in Gefahr.«

»Sie spielen den Friedensapostel«, höhnte van Helsing – je kleinlauter ich wurde, desto lautstärker empörte er sich – »und vergessen dabei, wie Sie mit Ihren Landsleuten umsprangen – ganz zu schweigen von türkischen Soldaten, die Sie so viehisch foltern ließen, dass Sultan Mehmed seine Truppen abzog. Hab ich recht, Vlad? Oder soll ich Țepeș zu Ihnen sagen – Țepeș, der Pfähler?«

»Das ist Schnee von gestern«, hörte ich mich sagen: »Heute bin ich für den EU-Beitritt der Türkei.«

»So billig kommen Sie nicht davon«, rief Mrs. Moneypenny, deren Anwesenheit ich jetzt erst bemerkte. »Wir können auch andere Saiten aufziehen!« Sie öffnete einen Managerkoffer, der Kruzifixe, Knoblauchketten, einen angespitzten Holzpflock und einen Hammer enthielt. Beim Anblick der Folterwerkzeuge wurde ich blass, nein grün im Gesicht – flaschengrün wie der Anzug des italienischen Literaten.

»Aber das ist nicht alles«, Mrs. Moneypenny setzte noch eins drauf. »Sie haben nicht nur eine unangemeldete Demonstration angeführt – Sie sind nachts in den Louvre eingedrungen, was mit Ihrem Diplomatenstatus unvereinbar ist. Eine Überwachungskamera hat Sie gefilmt, wie Sie sich in unsittlicher Absicht der Gioconda näherten. Zwar sind Sie nur schattenhaft zu erkennen, aber ...«

»Wir Vampire werfen keine Schatten – das wissen Sie besser als ich!«

»Nennen wir es einen Schemen. Ich habe ein Phantombild angefertigt, auf dem Sie eindeutig zu identifizieren sind.« Sie wedelte mit einem Computerausdruck. »Die Spektralanalyse des Gemäldes förderte eine Bisswunde zutage, den Abdruck eines Reißzahns am Hals der Gioconda, der mit bloßem Auge nicht erkennbar ist. Die Beweislast ist erdrückend – geben Sie zu, dass Sie die Mona Lisa geschändet haben!«

»Nicht ich, es war Bonaparte, ich meine Malaparte!«

»Sie reden sich um Kopf und Kragen«, seufzte van Helsing, mühsam die Fassung bewahrend. »Überschlafen Sie die Angelegenheit, und beantragen Sie die Versetzung in den vorzeitigen Ruhestand. Ihre Bezüge werden vorerst weiterbezahlt.«

8

Ich verließ mit hängendem Kopf das Büro. Was sollte nun aus mir werden? Am liebsten hätte ich mich auf der Stelle umgebracht, aber ich war schon tot, und zum Weiterleben fehlte mir die Motivation. Meinen Schlafplatz im Invalidendom konnte ich nicht mehr aufsuchen, denn die Demonstranten hatten die Grabesruhe gestört und den Sarkophag in Stücke gehackt. Wie immer, wenn ich nicht weiterwusste, lenkte ich die Schritte zum Louvre – meine Füße trugen mich ganz von selbst dorthin. Doch mein UNESCO-Ausweis war ungültig, die Kreditkarte gesperrt, und ich hatte nicht genug Bargeld, um ein Museumsbillett zu kaufen. Die Ticketverkäuferin hatte Mitleid mit mir – wegen meines Körpergeruchs hielt sie mich für einen SDM, *sans domicile fixe* – so hießen die Clochards neuerdings, und ihre Einschätzung kam der Wahrheit ziemlich nah. Sie winkte mich unkontrolliert durch, und ich trottete durch endlose Korridore zum Kabinett der Mona Lisa – den Weg hätte ich mit geschlossenen Augen gefunden. Aber das Gemälde war abgehängt – zwecks wissenschaftlicher Untersuchung, wie es vieldeutig hieß. Ich sank erschöpft auf einen Louis-Quinze-Stuhl – vielleicht war es auch ein Louis-Seize-Sessel – und blickte, unfähig, einen klaren Gedanken zu fassen, auf das helle Rechteck an der Wand, so lange, bis ein Klingelton signalisierte, dass das Museum geschlossen wurde, und das Aufsichtspersonal mich von meinem Beobachterposten vertrieb.

Wer aber beschreibt meine Überraschung, als mir beim Hinaustreten auf die Straße ein mit Girlanden geschmückter Festzug entgegenkam! Mein Entschluss stand fest: Ich wollte als Privatier meine Güter bewirtschaften, statt noch einmal auf Händen getragen und zum Präsidenten von irgendetwas ernannt zu werden, und suchte mein Heil in der Flucht. Doch das war leichter gesagt als getan: Das Gittertor des Louvre war verriegelt und die Seitenstraßen von Polizisten versperrt, denen ich, Haken schlagend wie ein Hase, in die Arme lief. Statt mir Handschellen anzulegen, beglückwünschten sie mich, und erst jetzt begriff ich, dass das, was ich für die Vorhut revolutionärer Massen hielt, eine Abordnung der UNESCO war, angeführt von

Mrs. Moneypenny, die mir einen Rosenstrauß übergab.

Die Datierung des Bildes nach der Radiokarbon-Methode und die Detailanalyse mit einem Laserscanner, erklärte sie, hätten meine Aussage in allen Punkten bestätigt. Durch das Ergebnis der Untersuchung sei ich voll und ganz rehabilitiert: Ich hätte einen wichtigen Beitrag geleistet zur Klärung noch offener Fragen der Kunstgeschichte und das Rätsel der Mona Lisa für immer gelöst. »Dafür gebührt Ihnen Dank – ohne Ihre Pionierarbeit wüssten wir nicht, dass Leonardo die unter der Oberlippe schimmernden Zähne der Gioconda mit Zinkweiß gemalt hat, einer lichtempfindlichen Farbe, die erst nach einer Halbwertzeit von fünfhundert Jahren sichtbar wird. Die Bisswunden am Hals fügte ihr ein stürmischer Verehrer zu, der das Gemälde nach Florenz mitnahm, um es den Uffizien zurückzugeben – sofern es nicht durch ein Säureattentat verursachte Verätzungen sind.«

»In Anerkennung Ihrer Verdienste«, setzte van Helsing hinzu, dessen von einer Europaflagge verdecktes Gesicht ich jetzt erst bemerkte, »haben wir Ihr Schloss in den Karpaten in die Liste bedrohter Kulturgüter aufgenommen. Ähnlich wie Sie, Vlad, scheut die UNESCO das Rampenlicht der Öffentlichkeit. Deshalb schicken wir Sie in Ihre Heimat zurück, damit Sie sich ungestört dem Schutz der Wölfe und Vampirfledermäuse widmen können.«

Eine Frage sei noch offen, meinte van Helsing und legte den Zeigefinger an die Nasenspitze, als wolle er sich davon überzeugen, dass die noch an der richtigen Stelle war: Die Frage nämlich, wie die Sache ausging vor 500 Jahren, als die Rappen zum Sprung ansetzten und die Kutsche, auf deren Rückbank die Gioconda saß, von der Zugbrücke in den Abgrund stürzte.

»Es gibt zwei Versionen der Ereignisse, eine himmlische und eine irdische. Die erste besagt, beim Anblick der am Kutschfenster vorbeisausenden Felswand habe die Gioconda schreckhaft die Augen gerollt. In Bruchteilen von Sekunden seien den Pferden Flügel gewachsen, und wie Pegasus hätten sie die Kutsche mitsamt den Passagieren in den Olymp getragen, wo die Mona Lisa seitdem als Himmelskönigin residiert.« Mir aber habe Petrus den Zutritt verweigert und mich dazu verdammt, ruhelos zwischen Himmel und Hölle hin- und herzuirren.

»Und die zweite Version?«

»Die Kutsche prallte auf die Eisfläche eines gefrorenen Sees, und hungrige Wölfe, die in der Tiefe des Tals zusammenliefen, stürzten sich auf die Rappen, die, wild um sich schlagend, mit ihren Hufen das Eis aufbrachen. Die Kutsche lief voll Wasser und zog die in die Pferde verbissenen Wölfe zum Seegrund hinab. Auch die Gioconda fand hier ihr nasses Grab, während ich mich schwimmend an Land rettete – Vampire sind, wie Sie wissen, unsterblich. Nur in Vollmondnächten steigt die Gioconda aus dem Nebel des Sees empor, und genau so hat Leonardo da Vinci sie porträtiert.«

»Wollen Sie damit sagen, der Maestro habe Transsilvanien besucht?«

»Das sagen Sie – ich behaupte nichts Derartiges. Der Wahrheit am nächsten kommt, was Giorgio Vasari schreibt, der Leonardo zwar nicht persönlich gekannt, aber die Auftraggeber und Freunde des Meisters interviewt hat: *Gleich dem Vampir starb sie viele Tode und kennt die Geheimnisse des Grabes; sie tauchte hinunter in den See und trägt der Tiefe verfallenen Tag in ihrem Gemüt* – ein Satz, den all die neunmalklugen Kunsthistoriker geflissentlich überlasen. Wenn das kein Zufall ist!«

DRITTES BUCH

GOTT IN FRANKREICH

»Die wir dem Schatten Wesen sonst verliehen
Sehn Wesen jetzt als Schatten sich verziehen.«
(Adelbert von Chamisso)

1

Zwei Wege führten nach La Sainte Baume: Der breit ausgehauene Chemin du Roi, auf dem französische Könige, die mit Vornamen Louis hießen, zur Grotte der Heiligen Magdalena gepilgert waren, nicht zu Fuß, sondern hoch zu Ross, umdrängt von Höflingen und Bittstellern; und ein schmaler, beschwerlicher Pfad, der, einem Bachbett folgend, über glitschige Steine und bemooste Felsen bergan führte, Chemin du Canapé genannt. Aber unter einem Canapé stellte Buch sich etwas anderes vor, ein weiches Sofa oder ein mit Lachshappen belegtes Brot, keine Waldschlucht, in deren Tiefe kein Sonnenstrahl drang und kein Waldvogel sang. Nur das Ächzen des Sturms war zu hören, der an den Ästen der Pinien zerrte und in den Kronen der Buchen wühlte, heulend und zähneklappernd wie eine Horde tobsüchtiger Dämonen, und er musste an Darwin denken, der, Edgar Allen Poe vorwegnehmend, die Buchenwälder von Patagonien so beschrieben hatte: *Nicht das Leben, der Tod schien sein Zepter über dieser öden*

Landschaft zu schwingen. Der Vergleich war nicht zu weit hergeholt, denn Feuerlands windzerzauste Buchen, *fagus betuloides*, waren mit Moosbärten behangen und mit Flechten bewachsen wie die Bäume von La Sainte Baume, und es war schwer zu sagen, ob die Ausbreitung der Moose und Flechten eine Folge des Waldsterbens war oder der erfolgreichen Adaption an die vom Meer ins Land wehende Luftfeuchtigkeit. Unförmige Felsbrocken, an deren Kanten er sich die Hände aufschürfte, und umgestürzte Stämme mit abgestorbenen Ästen versperrten ihm den Weg, und Buch sprach sich Mut zu mit einem Spruch, den er vor Jahren in einem Gasthaus auf dem Land gelesen hatte: »Ihr glaubt, der Jäger sei ein Sünder / weil niemals er zur Kirche geht / im grünen Wald ein Blick gen Himmel / ist besser als ein falsch Gebet.« Doch der Blick in den grauen Himmel mit niedrig ziehenden Wolken, die vom Wind gepeitscht dahinsausten wie Wotans wilde Jagd, belehrte ihn eines Besseren, und er tröstete sich mit dem Gedanken, dass Odins Raben nur im Norden ihr Unwesen trieben, während der Mistral den Himmel leer fegen und für strahlenden Sonnenschein sorgen würde.

2

Aber es wurde nicht heller, im Gegenteil, es wurde dunkler, obwohl es erst vier Uhr nachmittags war. Buchs Fußsohlen brannten, als liefe er über Glasscherben oder glühende Kohlen, seine Kniekehlen schmerzten vom steilen Aufstieg, den er nur schaffte, indem er sich an morsche Äste klammerte, die unter seinem Gewicht nachgaben, und an Baumstämmen festhielt, von deren feuchter Rinde er abglitt, sein Unterhemd war durchgeschwitzt, die Unterhose klamm, und in seinen Turnschuhen schwappte Wasser, bei dem es sich auch um Blut handeln konnte. Sein Atem ging stoßweise: *Blut im Schuh*, dachte er, während er die abwechselnd heiße und kalte Stirn an einen bemoosten Felsen lehnte, von dem Tau troff, vielleicht war es auch Quellwasser, das zwischen den Steinen gluckste, oder Schmelzwasser von einem Gletscher, doch der Berg war nur elfhundert Meter hoch, hier gab es keine Gletscher, nur Grotten, im Sommer kühl und im Winter warm, in denen Neandertaler und Cro-Magnon-Menschen Zuflucht gesucht hatten. Später hatte ein findiger Unternehmer die Höhlen benutzt, um Eis einzulagern: Genau genommen war es Schnee, den er in Frostnächten sammeln und feststampfen ließ, bis er zu Eis gefror, das, in Stroh verpackt, auf Eselskarren nach Marseille geschafft und an Fischmärkte und Restaurants geliefert wurde. Bei H. C. Buchs Aufenthalt in La Sainte Baume hatte der durch Eisblöcke reich gewordene Mann, ein Greis mit Spitzbart, ihn und seine kleine Schwester in seinem Oldtimer-Auto nach Saint Maximin mitgenommen und zu Cassata eingeladen, das Buch nicht mochte, weil es kandierte und karamellisierte Früchte enthielt.

Die Wolkendecke riss auf, durch eine Lücke im Laubdach fiel ein Sonnenstrahl auf den Felsblock, an dem er Halt und Kühlung gesucht hatte, und zu seiner

Überraschung stellte er fest, dass es sich nicht um Naturgestein, sondern um eine Skulptur handelte: Eine jener Heiligenfiguren, die in unregelmäßigem, nein regelmäßigem Abstand den Pilgerpfad säumten, um Wanderern anzuzeigen, an welcher Station des Kalvarienwegs sie sich befanden. Das Halbrelief eines bärtigen Mannes mit Knotenstock in der Hand und einem nackten Kind auf der Schulter, dessen Heiligenschein auf das Jesuskind hindeutete: Christophorus vielleicht, der Schutzpatron der Reisenden und Namenspatron des Autors, von dem es hieß, er habe eine Meerenge oder einen reißenden Fluss durchwatet, um den Gottessohn sicher ans jenseitige Ufer zu bringen.

Oder gab es noch ein drittes Ufer des Flusses, das nur mit dem inneren Auge wahrnehmbar war? Er hob lauschend den Kopf, und oberhalb der Baumgrenze, im Nebel dampfend wie ein von Opferrauch umschwelter Altar, sah er die Grotte mit der Felsenkirche, deren Giebel im Sonnenlicht blitzte, während das Wetter sich aufhellte und im Waldesdunkel ein Vogel zu singen begann.

3

Beim Betrachten der Fresken hatte Judith wissen wollen, warum Maria Magdalena mit brandroten Haaren dargestellt sei, im Mittelalter ein Symbol der Hexerei, und er gab die Frage weiter an Pater Bernard, den er, um die Rechnung zu begleichen, in der Portierloge aufgesucht hatte. »Sie war eine Kurtisane«, sagte der Priester, ohne vom Monitor seines Computers aufzublicken, auf dem er Judiths Personalangaben vervollständigte, »eine in Liebesdingen überaus erfahrene Frau – Sex Worker würden wir heute sagen.«

»Und warum wird Joseph mit langem Bart abgebildet? Er sieht nicht wie der Vater, sondern wie der Großvater des Jesuskinds aus!«

»Joseph und die Jungfrau Maria hatten keinen Sex – das wissen Sie doch. Der Heilige Joseph war nur der Ernährer, nicht der Erzeuger des Jesuskinds, die Heilige Familie eine Patchwork-Familie mit Ochs, Esel und Heiligem Geist. – Am Anfang war das Tao«, setzte er unvermittelt hinzu: »Mit diesem Begriff hat ein sinologisch geschulter Jesuit den Beginn der Schöpfungsgeschichte übersetzt, im 17. Jahrhundert, zur Zeit der Ming-Dynastie. Die Übersetzung war geistreich, aber falsch, denn *Tao* heißt Weg, nicht Wort, *Hodos*, nicht *Logos*.«

Buch errötete innerlich, weil er bei dem Wort *Hodos* an Hoden dachte. Mit diesem passenden oder unpassenden Gedanken im Kopf, an einem Wallfahrtsort doppelt peinlich, schritt er die breit ausgehauenen Stufen hoch, die ein französischer König – vielleicht war es auch ein provenzalischer Prinz, ein Erzbischof oder ein Abt – in die Felsen hatte schlagen lassen. Früher war hier eine Zugbrücke gewesen, um die Sarazenen daran zu hindern, das auf der Plattform errichtete Kloster zu stürmen, das jetzt am Fuß des Berges lag. Feuersbrünste, Kriege und Revolutionen hatten das

Unterste zuoberst gekehrt wie Seeigel und Muscheln aus der Kreidezeit, die auf Alpengipfeln zutage traten, oder im Mittelmeer versunkene Felsbilder und Höhlenmalereien aus dem Magdalénien, als Europa eine von Tierherden durchzogene Tundra gewesen war.

Buch fragte sich, ob das Magdalénien nach Maria Magdalena benannt war oder umgekehrt, und wer die Märtyrer und Könige enthauptet hatte, deren kopflose Statuen den letzten Abschnitt des Weges säumten. Aus Sicht der katholischen Kirche war es unwichtig, ob es Katharer oder Jakobiner gewesen waren, nur die Kostüme hatten gewechselt und mit ihnen die Ideologie, aber der Unglaube war geblieben, egal ob mit dem Schwert bewaffnet oder mit der Guillotine, die beim Köpfen von Steinfiguren nicht weiterhalf – selbst die schärfste Axt wurde hier stumpf.

In einer Felsnische vor dem Eintritt zur Grotte standen drei mannshohe Kruzifixe, an denen die zum Tode Verurteilten hingen, kitschiger Neobarock, eine Bausünde des 19. Jahrhunderts: Jesus von Nazareth und Zoatham – der Name des dritten Gekreuzigten war ihm entfallen. Bis hierher hatte sein Denken sich in geordneten Bahnen bewegt, jetzt aber meldeten sich niedere Dämonen zu Wort, die in seinem Innern rumorten, sie rüttelten an ihren Gittern, rasselten mit den Ketten und machten einen solchen Lärm, dass er sein eigenes Wort nicht verstand.

Er fragte sich, ob eine mit allen Wassern gewaschene Sünderin wie Maria Magdalena sich damit begnügt haben würde, die Füße des Heilands zu küssen? Zuerst hätte sie mit ihrem balsamisch duftenden Haar das Blut von seinen Wunden getupft, danach hätte sie sich den höher gelegenen Regionen des göttlichen Leibes zugewandt, der ihr, ans Kreuz genagelt, hilflos ausgeliefert war. Sie hätte den Lendenschurz gelüftet und seinen beschnittenen Penis so lange mit den Lippen liebkost, bis der Messias wie ein Gehenkter, der sterbend einen Orgasmus bekommt, mit einem letzten Seufzer verschieden wäre.

Der Gedanke erschien ihm weder abstrus noch ketzerisch, im Gegenteil: Alles, ja wirklich alles deutete in diese Richtung: Die reliefartig hervortretenden Arm- und Beinmuskeln und die wulstigen Brust- und Bauchmuskeln der gekreuzigten Übeltäter waren erigierte Penisse, die, mit Stricken mühsam gebändigt, auf den Eingang der Grotte zeigten, die nichts anderes als eine riesige Scheide war, die Vulva der Erde, zu der Ligurer Kelten Griechen Römer Westgoten Wandalen Sarazenen gepilgert waren, um der Göttin der Fruchtbarkeit zu opfern, wie Buch es in diesem Augenblick tat, während er niederkniete vor einem von Ludwig dem Frommen gestifteten und von dessen unfrommen Nachfahren restaurierten Altar, auf einem Marmorsockel, härter und kälter als jede Kirchenbank, und ein Gebet murmelte, das ohne sein Zutun aus seinem Innern quoll wie Luftblasen aus der trüben Tiefe eines Teichs: »O Magnum Mysterium! Im Augenblick des Todes bete ich zu dir, weil ich nicht leben kann, ohne diesen Schlund zu lieben, aus dem ich ans Tageslicht gekrochen bin! O Hure Babylon, vergib mir meine

Sünden, lass mich eindringen in deine Scheide und Ruhe finden in deinem Schoß!«

Und wie in einer Laterna magica sah Buch in der Tiefe der Grotte, vor einer Gebetsnische mit einer bemalten Holzskulptur der Madonna, bei der es sich auch um Maria Magdalena handeln konnte, wie Judith die kolumbianische Nonne umarmte, nicht schwesterlich keusch, nein: Die beiden tauschten Zungenküsse aus, während der Kerzenschein ihre Schatten, monströs vergrößert und verzerrt, auf die gewölbte Höhlenwand warf. Er war sich nicht sicher, ob das, was er sah, Wirklichkeit war oder eine Projektion seiner von Pornofilmen genährten, erotischen Phantasien. Buch bekam eine Erektion, aber auch das war nicht sicher – vielleicht war es Eifersucht, die wie Schüttelfrost seine Glieder durchlief. »Du bist nicht impotent – du bist schwul«, hatte Judith gesagt, als sie in die Trennung und später in die Scheidung einwilligte, und seitdem spürte er einen Widerwillen gegen Sex. Er stand auf und strich seine Hosenbeine glatt, die feucht waren von der kalten Kirchenbank. *Wie ein Bettnässer*, dachte er und beugte sich nieder, um eine verwitterte Inschrift zu entziffern, in der von einem Sieur de Lassalle die Rede war, der vierzig Tage lang in der Grotte von La Sainte Baume gebetet hatte. Der Zeitgenosse von Karl Marx und Gründer der sozialdemokratischen Partei konnte es nicht gewesen sein, aber auch der Entdecker der Mississippi-Mündung schied aus: Zum fraglichen Zeitpunkt war der eine noch nicht geboren, der andere schon tot.

Er steckte eine Fünfzig-Cent-Münze in den dafür vorgesehenen Schlitz und zündete eine Kerze an zum Gedenken an Sieur de Lassalle, wer auch immer das gewesen war – im Ausüben von Sekundärtugenden war Buch äußerst akkurat, *otschen akkuratno*, wie man auf Russisch sagt. Er beschloss, sich nichts anmerken zu lassen, wenn Judith ihm gegenüberstand, doch es war zu spät, seine Ex-Frau trat auf ihn zu und drückte ihm einen nach Fisherman's Friend schmeckenden Kuss auf den Mund – um die Spuren zu verwischen, hatte sie ein Hustenbonbon gelutscht. »Ich liebe dich«, sagte Judith.

»Wie bitte?« Er dachte, er habe sich verhört.

»Kennst du den Unterschied zwischen himmlischer und irdischer Liebe?«

»Was meinst du damit?«

Judith hakte sich bei ihm unter, und während sie mit warmen Händen seine kalten Finger knetete, erzählte sie ihm von der aus dem Herzogtum Baden stammenden Zarin Elisabeth, die eigentlich Luise hieß. Mit vierzehn kam sie auf Geheiß Katharinas der Großen nach Petersburg, heiratete den Zarewitsch und brachte eine totgeborene Tochter zur Welt. Nach der Thronbesteigung legte Alexander I. sich eine Geliebte zu, die vier Kinder von ihm bekam, und lebte getrennt von seiner Gattin. Dreißig Jahre später, nach der Französischen Revolution, den napoleonischen Kriegen und dem Wiener Kongress, verliebte Alexander I. sich erneut in seine Frau und unternahm eine Hochzeitsreise mit ihr zum Asowschen Meer, wo der Zar an Typhus starb – einer anderen Version zufolge fiel er einer Hofintrige zum Opfer und wurde ermordet.

»Wir müssen gehen.«

Es war später Nachmittag, die Sonne stand tief über dem westlichen Horizont, und aus dem Talgrund stieg Nebel auf, der das am Fuß des Berges gelegene Kloster den Blicken entzog. Judith schlug vor, den Chemin du Canapé zu nehmen, der zwar weniger gut ausgebaut, aber kürzer sei als der Chemin du Roi.

»Woher weißt du das?«
»Von Magaly.«
»Hat sie sonst noch etwas gesagt?«
»Wir haben uns ohne Worte verstanden.«
»Das kann ich mir lebhaft vorstellen!«

Er entzog ihr die Hand und ging auf dem abschüssigen Weg voraus. Bei jedem Schritt löste sich Geröll vom Boden, das knisternd über den Steilhang rieselte. In diesem Augenblick wäre H. C. Buch gern eine Gemse gewesen, die mühelos Abgründe überspringt, während unter ihren Hufen Schotter wegspritzt und Felsbrocken talwärts rollen. Aber er war keine Gemse, er war ein Homo sapiens, ein zweifüßiges Tier mit für Bergwanderungen nicht geeigneten Schuhen, die im Moos versanken oder wegrutschten auf dem nassen Gestein, und er entfernte sich immer weiter von seiner Frau, die vergeblich seinen Namen rief, ihn vergeblich zu warnen versuchte oder zu warten bat. »Maman, je descends plus vite que toi«, dieser mit Marseiller Akzent gesprochene Satz, den er vor fünfzig Jahren beim Besuch des Château d'If gehört hatte, drehte sich wie ein Mühlrad in seinem Kopf. Die Zurufe – oder waren es Hilferufe – in seinem Rücken wurden leiser und schwächer und verstummten ganz, und er schritt schneller aus auf dem steil abfallenden Pfad, stolpernd und torkelnd wie bei einem Spießrutenlauf, sich abstützend und wieder abstoßend von am Wegrand wachsenden Bäumen, zwischen denen sich Dunkelheit ausbreitete; im Unterholz herrschte Nacht, während Venus, der Abendstern, über die Baumkronen stieg, kein Tierlaut, kein Vogelgesang war zu hören, und um sich Mut zu machen, rezitierte er einen Psalm, den er als Konfirmand auswendig gelernt hatte: »Und ob ich schon wanderte im finstern Tal / fürchte ich kein Unglück / denn du bist bei mir / dein Stecken und Stab trösten mich.« In diesem Augenblick hätte er gern einen Knotenstock oder Knüppel besessen, um mögliche Angreifer in die Flucht zu schlagen, einen Amokläufer, eine rabiate Wildsau oder einen tollwütigen Fuchs, doch er trug weder sein Schweizer Messer bei sich, um einen Ast abzuschneiden, noch Streichhölzer oder ein Feuerzeug, um ein Lagerfeuer anzuzünden oder ein Lichtsignal, und dabei fiel ihm ein, dass er all das schon einmal erlebt hatte, ein Menschenalter war das jetzt her. Auf dem Rückweg von der Felsgrotte hatte er sich mit seiner Schwester im Wald verirrt, H. C. Buch war damals vierzehn, seine Schwester acht oder neun, und der Hund des Hotelportiers, ein Terrier namens Tintin, der sie auf der Bergwanderung begleitete, war spurlos verschwunden: Um Hilfe zu holen, wie er, ohne selbst daran zu glauben, seiner Schwester einredete. Für Tintins Spürnase war der Rückweg nach La Sainte Baume kein Problem, während sie den Pfad nur verschwommen und bald überhaupt nicht mehr sahen, es war stockfinster ringsum, nachtschwarz wie im Stollen eines Bergwerks oder auf dem Grund eines Brunnenschachts, moderndes Holz glomm in der Dunkelheit, in der sie vom Weg abkamen, er strauchelte über Wurzeln, streifte mit der Stirn einen Ast, verletzte sich an einem Dornbusch und schlug sich an einer Felswand die Knie blutig, seine wimmernde Schwester an der Hand, die in ein Bachbett oder in einen Graben fiel und die er, im Dunkeln tastend, nicht wiederfand, genau wie jetzt, auch das Wimmern war wieder zu hören, das in leises Weinen überging, während H. C. Buch, um die Dämonen der Nacht zu vertreiben, laut sang und pfiff und einen Psalm aufsagte, den er im Konfirmationsunterricht gelernt hatte, und, als auch das nichts half, das Vaterunser deklamierte, auf Gotisch, das ihm ehrwürdiger erschien als Französisch oder Deutsch: *Atta unsar thu in himinam / weihnai namo thein / qimai thiudinassus theins / wairthai wilja theins / sve in himina jah ana airthai* ... Und es geschahen Zeichen und Wunder, der Notschrei wurde erhört, heiseres Gebell antwortete, und Tintin, der Hund des Hotelportiers sprang mit hechelnder Zunge an ihm und seiner Schwester hoch und trieb die verirrten Schafe zurück zur Futterkrippe, in den Speisesaal des Klosters, wo ein gedeckter Tisch sie erwartete: Und das war das erste und letzte Mal, dass er zu Gott gebetet hatte.

4

Sein Vorname Hans war das Relikt einer längst vergangenen Epoche, als jeder männliche Deutsche auf diesen Namen getauft worden war: Hans wie Hans im Glück, der einen Goldklumpen gegen ein Pferd eine Kuh ein Schwein eine Gans einen Schleifstein eintauscht, welcher *plumps* in den Brunnen fällt, oder Hans-guck-in-die-Luft, der kopfüber ins Wasser stürzt. Auch der Tischlergeselle, der auszog, das Fürchten zu lernen und mit Totenköpfen kegelte, hieß Hans, genau wie H. C. Buch, der das Fürchten lernte, als er sich mit seiner Schwester an der Hand im dunklen Wald verirrte: Obwohl es im Haus der Eltern genug zu beißen und zu brechen gab, liefen die beiden wie Hänsel und Gretel immer tiefer in den Wald hinein, dem Zirpen eines Waldvögleins folgend, das Körner vom Boden aufpickte und ihnen den Weg zum Knusperhaus wies, einer Eremitenklause, in der es keinen Lebkuchen gab, nur klebrig süßen Likör, Drambuie oder Courvoisier, den Bruder Martin ihm einflößte, um ihn gefügig zu machen, während seine Schwester Holz sammelte und den Ofen anheizte, in dem die Hexe jämmerlich verbrannte, nachdem sie zum letzten Mal Hänsels Daumen betastet hatte, um festzustellen, ob er schlachtreif oder geschlechtsreif war, das Knusperhäuschen ging in Flammen auf, und die Hexe brannte lichterloh, aber statt ihrer Schmerzensschreie hörte Hänsel alias Hans im Glück alias Hans-guck-in-die-Luft das Hohngelächter des falschen Mönchs, als er mit seiner Schwester Gretel fortlief aus dem brennenden Wald.

5

»Du stehst da wie ein Fragezeichen!« – Judith hatte recht gehabt, denn im Lauf der Jahre hatte sich sein Rückgrat verkrümmt. Obwohl Buch nicht kurzsichtig war, lief er gebückt durch die Welt, mit vornüber geneigtem Kopf, als habe er Angst vor den Unebenheiten des Weges. Doch jetzt ging eine Veränderung mit ihm vor: Als er den Blick zum Himmel richtete im Angesicht der Grotte von La Sainte Baume, straffte sich sein Nacken, und er stapfte durch knirschenden Kies auf die Pforte des Klosters zu, ein pensionierter Offizier, der auch im Ruhestand militärische Haltung bewahrt, kerzengerade, mit hoch erhobenem Haupt, stolz auf eine nicht näher definierte Heldentat.
Schwester Sidonia wartete am Kopfende des gedeckten Tischs und sah ihn strafend an, weil er am Weinglas genippt hatte, bevor sie das Vaterunser sprach.

»Wo ist Ihre Frau?«
»Judith ist nicht meine Frau. Wir sind geschieden.«
»Die Ehe ist ein Sakrament, sie gilt über den Tod hinaus.«
»Ich bin Atheist, und meine Frau ist Jüdin.«
»Und wo ist sie jetzt?«
»Das weiß ich nicht.«

Das Wort *Judenmord* fiel ihm ein, und statt die mit Thymian gewürzten Lammkoteletts zu probieren, bei deren Duft ihm das Wasser im Mund zusammenlief, verzichtete er auf das Abendessen und machte sich auf die Suche nach seiner Frau. Die Vorsilbe *ex* ließ er diesmal weg. Sidonia hatte ihm ihren wasserdichten Anorak und ihre Stablampe geliehen, und der Hund des Nachtportiers, ein Terrier namens Tonton, begleitete ihn.

Es nieselte, und schon nach wenigen Metern verschwand der hechelnde Hund im Unterholz. Buch folgte dem auf und nieder tanzenden Strahl der Taschenlampe, der Lichtkegel in die Dunkelheit stanzte, schwarze Löcher, von Wassertropfen diagonal schraffiert, die sich von Schauern zu Dauerregen verdichteten. Er dachte an Hanns Eislers Komposition *Vierzehn Arten, den Regen zu beschreiben* und rief mit zum Trichter geformten Händen den Namen seiner Frau in die Nacht hinaus, vergeblich auf Antwort wartend. Aber das hier war kein ergiebiger Landregen wie in dem Musikstück von Eisler, sondern ein heftiger Sturzregen, dessen Prasseln das von der Felswand zurückgeworfene Echo schauerlich untermalte.

Er arbeitete sich mühsam bergauf, zuerst aufrecht gehend, dann auf die Knie fallend; am Boden kriechend wie eine Nacktschnecke oder Blindschleiche, schleppte er sich langsam vorwärts auf dem steilen Pfad, der sich in eine Rutschbahn und dann in ein Bachbett verwandelte, das ihm mit abgebrochenen Ästen, Schlamm und Geröll den Weg versperrte, während Regengüsse mit einer neunschwänzigen Katze seinen Rücken peitschten.

Buch umschlang einen Baumstamm, und wie Münchhausen zog er sich Zoll um Zoll am eigenen Schopf aus dem Sumpf. Er rief *Judith, Judith!* und lauschte mit vergehender Kraft dem Echo seines Rufs, als er ein nicht hierher gehörendes Geräusch hörte, den keuchenden Atem eines Menschen oder Tiers. Im matten Licht der Taschenlampe sah er einen Radwanderer vor sich, keinen Mountain Biker, sondern den Radrennfahrer, der ihm an der Serpentinenstraße auf dem Weg nach La Sainte Baume begegnet war.

»Wer sind Sie, was machen Sie hier?«

»Ich bin mit dem Fahrrad unterwegs.«

»Nachts, bei diesem Wetter, im dunklen Wald?«

»Der Weg ist beschwerlich, wem sagen Sie das! Mein Name ist Vater Vivie, und ich bin der Schutzpatron der Radrennfahrer!«

»Was wollen Sie von mir?«

»Ich bin gekommen, um Sie abzuholen. Leider hat mein Rad keinen Gepäckträger.«

»Und wer schickt Sie zu mir?«

»Judith, Ihre Frau. Sie wartet im Kloster auf Sie. Am besten setzen Sie sich rittlings auf die Stange und halten sich am Lenker fest. Vorsicht – es geht steil bergab!«

6

Wie Judith Kahn-Buch auf der Polizeiwache in Plan d'Aups und später im Kommissariat von Saint Maximin zu Protokoll gab, hatte sie kehrtgemacht, als sie ihren Mann aus den Augen verlor, und war, weil ihr der Abstieg in Regen und Dunkelheit zu riskant erschien, zur Grotte der Heiligen Magdalena zurückgekehrt. Auf dem schmalen Bergpfad kam ihr die kolumbianische Nonne entgegen und wies ihr mit der

Taschenlampe den Weg zu einer Felsplattform, wo beide, eng aneinandergedrängt, singend und betend die Nacht durchwachten – auf Judiths Wunsch strich der Beamte die Worte *eng aneinandergedrängt* aus dem Protokoll. Es regnete in Strömen, und am nächsten Morgen, als der Weg wieder passierbar war, fuhren sie mit dem Motorroller zum Kloster zurück.

Erst gegen Mittag wurde ein Suchtrupp ausgeschickt und kehrte unverrichteter Dinge aus dem Wald zurück, nachdem der Terrier eine Fährte gewittert, trotz seiner scharfen Spürnase aber wieder verloren hatte. Wertvolle Zeit verging, es wurde früh dunkel und fing erneut an zu regnen. Am späten Nachmittag alarmierte Pater Bernard die Polizei, die unter Einsatz von Schäferhunden den Wald durchkämmte – ohne Ergebnis. Die Polizeiführung mutmaßte, nach einem Ehestreit habe Buch sich, ohne seine Ex-Frau zu informieren, nach Deutschland abgesetzt, und die Fahndung wurde auf alle Bahnhöfe und Flugplätze zwischen Marseille und Nizza ausgedehnt, einschließlich der nach Korsika auslaufenden Fähren – wieder ohne Erfolg. Auf Judiths Wunsch setzte der Einsatzleiter eine Hundertschaft Gendarmen in Marsch, die nicht nur die Umgebung des Klosters, sondern auch das Grenzgebiet der Departements Bouches-du-Rhône und Var durchkämmten, ein von Schluchten durchzogenes Gelände. Hier wurde die Polizei fündig: 48 Stunden nach Buchs Verschwinden entdeckte ein aus dem Baskenland stammender Hirte bei der Suche nach einem verirrten Lamm eine Männerleiche, die von Wildschweinen angefressen war. Der Schafhirte glaubte an einen Jagdunfall, aber die gerichtsmedizinische Untersuchung hat diese Vermutung widerlegt.

»Im Spätherbst ist der Tisch für Wildschweine reich gedeckt«, sagte der Einsatzleiter auf einer eilig einberufenen Pressekonferenz, die wegen der überregionalen Bedeutung des Falls nach Toulon verlegt worden war. Eber und Sauen seien wütend auf Jäger, die ihrem Nachwuchs nachstellten, das Knallen der Schrotflinten mache die Tiere aggressiv, und nur der Tatsache, dass es im November genügend Eicheln zu fressen gebe, sei es zu verdanken, dass der Tote problemlos habe identifiziert werden können.

Wie die Autopsie ergab, war H. C. Buch kopfüber in eine Schlucht gestürzt und dort seinen Verletzungen erlegen – durch Wildfraß verursachte Bisswunden wurden ihm erst später zugefügt. Wie er in das abgelegene Tal gelangt war und was er dort gesucht hatte, ließ sich nicht mehr rekonstruieren. Ob er unterwegs gewesen war nach Marseille-Marignane, um von dort nach Berlin zu fliegen, oder auf einer Pilgerfahrt zum Reliquienschrein der Heiligen Maria Magdalena in Saint Maximin – diese Frage hätte nur er selbst beantworten können.

7

Zu den Asservaten, die das Gericht der Witwe nach Ausfolgung der Leiche übergab, gehörte ein doppelt gefaltetes Blatt Papier, das der Tote in der Brusttasche bei sich trug: Keine letztwillige Verfügung, sondern ein handgeschriebenes Gedicht, bei dem es sich auch um Prosa handeln könnte - eine Ermessensfrage, deren Entscheidung wir dem Sachverstand professioneller Literaturkritiker überlassen:

WAS IST DER MENSCH?

I

Der Mensch ist ein Tier, das seine Speisen kocht.
Der Mensch ist ein zweifüßiges Tier ohne Federn.
Der Mensch ist ein nachwachsender Rohstoff,
der von Würmern gefressen wird.
Der Mensch ist ein Lebewesen,
das zu seiner Fortbewegung fossile Energie verbrennt.

II

Der Mensch ist ein Ebenbild Gottes.
Der Mensch ist, was er isst.
Der Mensch ist eine Materie,
die zu siebzig Prozent aus Wasser besteht.
Der Mensch ist ein Tier mit zwei Rücken.

III

Der Mensch ist ein Vierbeiner,
der auf zwei Beinen geht.
Der Mensch ist ein Fisch,
der auf dem Lande lebt.
Der Mensch ist ein Pflanzenfresser,
der sich von Fleisch ernährt.
Der Mensch ist ein Aasfresser,
der seine Toten begräbt.

IV

Der Mensch ist die Krone der Schöpfung.
Der Mensch ist ein Tier,
das die Lust von der Fortpflanzung trennt.
Der Mensch ist ein Tier, das seine Tage zählt.
Der Mensch ist eine Person, die ohne Gerichtsbeschluss
nicht länger als vierundzwanzig Stunden verhaftet werden darf.

V

Der Mensch ist ein Pegasus, der sich in die Lüfte schwingt.
Der Mensch ist ein Floh, der über seinen Schatten springt.

Der Mensch ist ein Lemming, der kollektiv Selbstmord begeht.
Der Mensch ist ein Maulwurf, der den Blick zum Himmel hebt.

HAITI GIBT ES NICHT

»Alles, was in dieser Stadt an Sagen und Liedern entstanden ist, ist erfüllt von der Sehnsucht nach einem prophezeiten Tag, an welchem die Stadt von einer Riesenfaust in fünf kurz aufeinander folgenden Schlägen zerschmettert werden wird.«
(Franz Kafka)

1

Seit meiner Ankunft hatte ich einen großen Bogen um das Haus meiner Familie in Pétionville gemacht, von Anwohnern *Casa Buch* oder *Caye Bouc* genannt, doch irgendwann ging es nicht mehr, und ich musste der Wahrheit ins Gesicht sehen. Die Wahrheit – das war nicht bloß der *Goudougoudou*: So hieß im kreolischen Volksmund das Beben der Stärke sieben Komma null, das alles eingeebnet hatte, was hochragte oder aufrecht stand, getreu dem Gesetz der Schwerkraft, die Felsen zu Geröll zerlegt und Gletscher kalben lässt, während Fossilien vom Meeresgrund auf Bergeshöhen wandern – eine gegenläufige Bewegung, die allem Werden und Vergehen zugrunde liegt. Die Wahrheit, das war der *Untergang des Hauses Buch* nach dem Tod meiner Tante Minette, die selbst in der Endphase ihres Lebens, dement und moribund, noch im Mittelpunkt der Familie stand, deren Auseinanderfallen in heterogene Bestandteile nicht mehr aufzuhalten war: Nichts Neues in Haiti, wo die zentrifugalen Kräfte stärker sind als der innere Zusammenhalt. Konsens und Kompromiss waren hierzulande unbekannt, ganz zu schweigen von Recht und Gesetz, und als ich Minette vorschlug, ein Testament zu machen, weil ihre Töchter sich sonst um die Erbschaft streiten würden, hatte sie seufzend gesagt: »Mais c'est ce que je veux« – genau das will ich!

Ich hämmerte mit der Faust gegen das Eisentor, aber nichts regte sich hinter der braun gestrichenen, mannshohen Schiebetür, die das Heim einer nicht mehr existierenden Familie abschottete gegen die feindliche Außenwelt: Die Türschwelle war ein magischer Ort, bewacht vom Voodoo-Gott Legba, und erst als ich dreimal laut und vernehmlich *Papa Legba, ouvri barriè pou'm* rief, Papa Legba, mach das Tor auf, waren schlurfende Schritte zu hören, die sich der Tür näherten, ein dunkles Augenpaar musterte mich durch ein winziges Klappfenster, gerade groß genug, um dem Doorman einen Kopfschuss zu verpassen, aber das war nicht nötig, denn der schob den Riegel zur Seite und sperrte die Türflügel auf, die quietschend auseinanderglitten, während ich *Macht hoch die Tür, das Tor macht weit* summend, ein Lied aus dem Konfirmationsunterricht, durch das geöffnete Tor schritt und über knirschenden Kies auf das Haus zuging, das wie eine Fata Morgana aus einem Meer von Bougainvillea aufstieg und mich begrüßte mit dem Satz: »Bist du jetzt hier – wann fährst du wieder weg?« Mit diesen Worten hatte meine verstorbene Tante mich stets willkommen geheißen bei meinen Besuchen in diesem von Gott und seinen Einwohnern verfluchten Land.

2

Früher hatte das Unkraut keine Chance gehabt, denn Adonis, der Sohn des Gärtners, hatte jeden Morgen die Kieswege geharkt und das Grünzeug an seine Kaninchen verfüttert. Die Plastiktüten, die jetzt den Vorgarten sprenkelten, hatte er über die Umfassungsmauer auf die Straße geworfen, wo sie von einem Lkw der Stadtreinigung aufgesammelt und abtransportiert wurden. Damals hatte Haiti noch eine Regierung gehabt, die Mordopfer nicht am Straßenrand liegen ließ, es sei denn, es handelte sich um Regimegegner, deren Leichen man, um Nachahmungstäter abzuschrecken, absichtlich zur Schau stellte. Und trotz der Checkpoints der Tontons Macoutes, die mir mit ihren Revolvern vor der Nase herumfuchtelten, war ich abends zu Fuß ins Casino des benachbarten Hotels El Rancho gegangen und, die Taschen mit Dollars gefüllt, nach Hause zurückgekehrt, ohne dass mir ein Haar gekrümmt worden wäre. Jetzt aber war die Casa Buch mit Entwicklungshelfern belegt, die auf dem Rasen vor dem Haus ein Sanitätszelt aufgeschlagen hatten mit einem überdimensionalen Roten Kreuz, als fürchteten sie einen Überraschungsangriff aus der Luft. HANDICAP INTERNATIONAL stand auf dem die Einfahrt überspannenden Transparent neben einer rot durchgestrichenen Maschinenpistole und der Aufforderung, das Gelände nur zu betreten nach Vereinbarung eines Termins mit der Pressestelle. Die auf ein schwarzes Brett gekritzelte Mitteilung: SORRY, NO JOBS – PAS D'EMPLOIS – INUTIL D'INSISTER vervollständigte das Bild.

Willkommen daheim, dachte ich beim Anblick des Swimmingpools, in dem ich früher getaucht und geschwommen war, aus den Augenwinkeln beobachtet von humanitären Helfern, die sich, unrasiert und fern der Heimat, auf ihren Liegestühlen räkelten, als hätten sie zu Fuß die Sahara durchquert. »Wer sind Sie, was suchen Sie hier«, fragte ein vierschrötiger Typ mit Baseballkappe, dessen Knollennase an Gérard Dépardieu erinnerte, und als ich ihm erzählte, dass ich im Schatten der Bougainvillea-Hecke, an einem Gartentisch, der sich bei jedem Anschlag auf der Olivetti um einen Millimeter verschob, meinen ersten Roman geschrieben hatte, nahm der Typ die Mütze ab, kratzte seinen kahlen Hinterkopf und rief: »Habt ihr gehört – *Goethe was here* – wir müssen eine Bronzetafel am Pool anbringen!« – »No, I'm not Goethe«, murmelte ich, während der vierschrötige Typ, der jetzt Vittorio Gassmann ähnlich sah, ein Klappmesser aus der Tasche zog und sich an einer halbfertigen Prothese zu schaffen machte, die er mir zur Begutachtung vorlegte, als sei ich ein aus Rom entsandter *Supervisore* von Handicap International.

Ich trat auf die Terrasse und schaute hinunter in den Hof. Hier hatte ich zusammen mit meiner Tante Minette, die unter einem karierten Plaid auf einem verstellbaren Ledersessel saß, jeden Abend *All my children* gesehen, eine amerikanische Soap Opera, deren Heldin Erica nicht zu altern, sondern von Jahr zu Jahr jünger zu werden schien, während ich Zigarren paffte und Rum nippte, mit Eiswürfeln versorgt von der Köchin Emily, die, hinter der Gardine stehend, die Filmhandlung verfolgte. Später nahmen *Dallas* und *Denver* die Stelle von *All my children* ein, die Regierung stürzte, und statt Reklamen für Rum und Moskitospray zeigte das Fernsehen Kickboxen und Formel-Eins-Rennen, unterbrochen von Werbespots, auf denen der neu gewählte Präsident sich selbst hochleben ließ. Im Hof wuchs ein Flamboyant mit feuerrroten Blüten; im vom Sonnenlicht gesprenkelten Schatten des Baums scharrten Hühner, besprungen von einem triumphierend krähenden Hahn, und daneben verrottete der aus Miami importierte BMW, den mein Neffe Dany mühsam instand gesetzt hatte, bis er die Lust verlor und das Autowrack im Unkraut versinken ließ. Im Vordergrund die Ruine des Bungalows, der lautlos, wie meine Cousine Marta berichtete, in sich zusammengesackt war, als sie im Hof aus dem Auto stieg – die Geräuschlosigkeit war darauf zurückzuführen, dass während des Erdbebens ein infernalisches Poltern aus dem Boden drang. Zum Glück war das an den kanadischen Presseattaché vermietete Haus zu diesem Zeitpunkt menschenleer: Der Attaché arbeitete in einem erdbebensicheren Büro, und seine Haushälterin war einkaufen gegangen, während der Kanadier auf halbem Weg nach Pétionville sein Auto verließ und, das Handy-Display als Taschenlampe benutzend, zu Fuß weiterlief, durch eine stockfinstere Staubwolke, in der Abertausende ziellos herumirrten. Der Heimweg, den er sonst in zwanzig Minuten zurücklegte, dauerte diesmal drei Stunden. Meine Cousine Clara hatte ihre halbwüchsige Tochter zum Flughafen gebracht, doch der Start der Maschine verzögerte sich, und als das Flugzeug endlich abhob, spürte die Sechzehnjährige eine an die Druckwelle einer Explosion erinnernde Erschütterung und sah durchs Bullauge hindurch einen Rauchpilz, der sich in konzentrischen Kreisen, wie das Fallout einer Wasserstoffbombe, ausbreitete und das Weichbild der Stadt ihren Blicken entzog. Noch schlimmer erging es Nadine Cardoso, der mit einem Münchner Zahnarzt verheirateten Inhaberin des Hotels Montana, die drei Jahre zuvor von Kidnappern entführt und misshandelt worden war, bevor sie gegen Zahlung eines exorbitanten Lösegelds freigelassen wurde. Sie lag achtundvierzig Stunden lang unter einem Eisengitter festgeklemmt und hörte hilflos mit an, wie ihr vierjähriger Neffe qualvoll starb, bevor sie durch ihr Mobiltelefon geortet und gerettet werden konnte, schwer verletzt und für den Rest ihres Lebens traumatisiert. Der Oppositionssprecher Micha Gaillard, dessen Vater, ein prominenter Historiker, im Jahr zuvor einer Fischvergiftung erlegen war, wurde beim Verlassen des Justizministeriums unter einer Betonwand verschüttet und starb erst Tage später, als Rettungssanitäter zu ihm vordrangen.

3

Diese und ähnliche Gedanken gingen mir durch den Kopf, während ich meiner Cousine Clara gegenübersaß, die zusammen mit ihrem Sohn Dany in Port-au-Prince die Stellung hielt – um sich von dem Erdbebenschock zu erholen, hatten ihre Schwestern sich nach Miami abgesetzt. »Früher habe ich nie geweint«, sagte Clara und zündete sich mit zitternden Fingern eine Mentholzigarette an, »jetzt treten mir grundlos Tränen in die Augen. Dabei hab ich dich noch nicht mal gefragt, ob du Kaffee oder Cola willst. Oder lieber einen Whisky?« Und sie machte eine vage Bewegung nach draußen, wo Bauarbeiter Zement anrührten in einem zerbeulten Bottich, in den ein halbnackter Junge Wasser goss, mit Kalkstaub vermischtes, milchweißes Wasser aus dem Swimmingpool, in dem eine vom Dach gerutschte Satellitenschüssel schwamm. Das höher gelegene Haupthaus hatte nur Risse abbekommen und war vergleichsweise intakt.

»Haiti est un pays sans loi ni foi«, wisperte Clara. Das Erdbeben sei die Strafe Gottes für die Sündhaftigkeit der Menschen, speziell für den hierzulande verbreiteten Satanskult: Nicht umsonst habe die portugiesische Nonne Fatima in einer bis heute geheim gehaltenen Prophezeiung von einer Insel im Atlantik gesprochen, deren Bewohner dem Teufel huldigten. Sie, Clara, habe das Wirken Satans am eigenen Leib gespürt, als in ihrem Hotelzimmer in Santo Domingo der Boden zu schwanken begann. Noch schlimmer sei es ihrem Schwager ergangen, der zusammen mit Frau und Kindern nach Chile geflogen sei, nur um dort ein weiteres Erdbeben zu erleben, noch zerstörerischer als das, vor dem er aus Haiti geflohen war. »Aus Angst vor Nachbeben übernachte ich im Auto«, setzte sie abschließend hinzu. »Ich traue mich nicht mehr in unser Haus, denn ich habe das Urvertrauen verloren, das zum Leben gehört!«

Ein Circulus vitiosus von Gewalt und Zerstörung hatte die zwischenmenschlichen Beziehungen vergiftet: Misstrauen, Neid und Hass breiteten sich wie ein Immunschranken überspringender Virus im Schoß der Familien aus, und die Angst, die Haitis Eingeweide zerfraß, nistete sich in den Herzen der Menschen ein. Schon zu Lebzeiten meiner Tante Minette hatten meine Cousinen sich zerstritten, und nach dem Tod der alten Dame eskalierte der Konflikt zur juristischen Auseinandersetzung, die mit harten Bandagen ausgefochten wurde: Die Schwestern kommunizierten nur noch über ihre Anwälte, die an dem Familienstreit eine goldene Nase verdienten: Ein passendes Bild für das, was im Großen in Haiti geschah, wo die Idee des Gemeinwohls nie Wurzel geschlagen hatte. Stattdessen versuchte jeder, den oder die anderen auszutricksen – wie zu Zeiten der Seeräuber, die lieber ihre Mitwisser töteten, als das Versteck eines Schatzes preiszugeben. *The Winner takes it all* hieß die Devise, obwohl es am Ende nur Verlierer gab und die haitianische Politik einer Pokerpartie mit dem Teufel glich.

Vielleicht war dies der Grund, warum ich keinen Vermittlungsversuch unternahm: Wie bei einer Kneipenschlägerei fielen die Kampfhähne und Kampfhennen mit vereinten Kräften über den Schiedsrichter her und unterstellten ihm die bösen Absichten, die sie selber hegten – nicht umsonst war Haiti die Heimat des Hahnenkampfs.

4

Klaus steuerte den Landrover mit dem Logo der Welthungerhilfe, und ich saß auf dem Beifahrersitz, ein Kleenextuch vor die Nase gedrückt zum Schutz vor dem Zementstaub, der geschlossene Fenster durchdrang, Augenlider und Bronchien verklebte und morgens beim Aufwachen zwischen den Zähnen knirschte. Die Arbeiter, die für eine Handvoll Dollar am Tag den Bauschutt beseitigten – das Volumen der Trümmer war größer als der Abraum des Sankt-Gotthard-Tunnels in der Schweiz, – trugen Plastikhelme und Schutzmasken, die ihnen das Atmen erschwerten: Ein schweißtreibender Job, der das Überleben der Familien sichern und den Haitianern ihre verlorene Würde zurückgeben sollte. Davon war wenig zu spüren. Zerlumpte Kinder umringten den Landrover: »Ba'm youn dola, blanc«, rief ihr Rädelsführer, ein Junge mit Rastalocken, und schlug mit der Faust gegen die Windschutzscheibe, und ein Steinhagel prasselte aufs Autodach, während Klaus die Fahrt beschleunigte, um die Verfolger abzuschütteln.

Weiträumig, wie es in Polizeiberichten heißt, umfuhren wir ein vor dem Präsidentenpalast errichtetes Zeltlager, in dem fünfzigtausend Obdachlose lebten, schutzlos drückender Hitze und eiskaltem Regen, Diebstählen und Vergewaltigungen ausgesetzt, während die Polizei mit Drogendealern und Kriminellen gemeinsame Sache machte. Randalierer hatten die von Hilfsorganisationen errichteten Toilettenhäuschen demoliert, die Müllabfuhr streikte, und es war nur noch eine Frage der Zeit, bis eine Choleraepidemie ausbrechen würde.

Rechter Hand lag die durch das Beben beschädigte Baptistenkirche, deren aus den vierziger Jahren stammende Fresken, von Wind und Sonne ausgebleicht, von den Wänden blätterten. RUE DU CENTRE, RUE PAVÉE, BOULEVARD JEAN-JACQUES DESSALINES: Hupend, im Schritttempo, schlängelte sich der Landrover durch die von Bussen und Lastwagen verstopften Straßen und hielt an der Place Geffrard vor einem von Arkaden gesäumten Gebäude mit kaputtem Dach, das in besseren Tagen die Apotheke meines Großvaters beherbergt hatte.

Pulks von Jugendlichen lungerten auf dem nach seinem Erbauer benannten Platz herum, den einst ein Springbrunnen geziert hatte mit einer schamhaft ihre Blöße bedeckenden Nymphe. Die Bronzefigur war gestohlen und als Altmetall verscherbelt worden; auf dem früher mit Blumen bepflanzten Rondell hatten Händlerinnen ihre Waren ausgebreitet, Pyramiden von Paprikaschoten und Auberginen, zwischen denen ich mir vorsichtig einen Weg bahnte, misstrauisch beäugt von Passanten, die ebenso gut Plünderer sein konnten wie zum Schutz vor Dieben angeheuerte Wachleute – Polizei und Verbrechen waren zwei Seiten derselben Sache.

HAITI TRADING COMPANY stand in verblichenen Buchstaben über der Tür: Unter diesem Namen hatte Toto, der Ex-Mann meiner Tante Minette, nach seiner Entlassung aus amerikanischer Kriegsgefangenschaft einen Möbelladen eröffnet in den Räumen der Apotheke, die erst in den fünfziger Jahren ihren Eigentümern zurückerstattet worden war. Zehn Jahre zuvor war die *Pharmacie Buch – produits chimiques et pharmaceutiques* als feindlicher Besitz beschlagnahmt und dem haitianischen Staat übereignet worden, der das Inventar konfiszierte und das Gebäude verfallen ließ. Gleichzeitig verkam das einstige Stadtzentrum zum Slum, und bei Besuchen vor Ort bedauerte ich meine Tante Minette, die in grünlicher Dämmerung an einer altmodischen Registrierkasse saß, während ihr Mann zwischen Stapeln von Liegestühlen und Matratzen die selten gewordenen Kunden empfing.

Nach dem Erdbeben hatten Diebe das Warenlager geplündert, und das Herz klopfte mir bis zum Hals, als ein Wächter mit rostigem Schlüsselbund das in den Angeln quietschende Tor öffnete und mich ins Innere des Gebäudes geleitete. Modergeruch schlug mir entgegen wie aus einem seit Jahrhunderten versiegelten Pharaonengrab, und in die Ausdünstung von Fäulnis und Schimmel, die mir den Atem nahm, mischte sich ein anderer Geruch, den ich hier nicht erwartet hatte:

der Geruch von frischem Blut, Menschenblut offenbar, denn der mit Aktenordnern und Apothekerquittungen übersäte Kachelboden war feucht von Blut, das an meinen Schuhsohlen kleben blieb, eine Blutspur führte quer durch den Raum zu der mit Messing beschlagenen Theke, hinter der ein Toter lag, nein, es war kein Toter, es war ein Sterbender, der seine aus dem Bauch hervorquellenden Eingeweide wie ein Paket in Händen hielt und kaum hörbar röchelte. »Weg von hier«, wisperte Klaus, »nichts wie weg von hier, sonst schiebt man *uns* den Mord in die Schuhe«, und ich hatte gerade noch Zeit, ein auf der Theke liegendes Kassenbuch an mich zu raffen, während wir Hals über Kopf das Gebäude verließen.

»Vermutlich«, sagte Klaus später, noch immer blass vor Schreck, als er von der Hauptstraße abbog, um sich in den nach Pétionville führenden Autoverkehr einzufädeln, »vermutlich war es ein Streit zwischen Plünderern, der tödlich endete. Oder ein mit einer Machete bewaffneter Einbrecher hat sich einem Wachmann in den Weg gestellt. Besser, man hält sich heraus, weil hierzulande jeder, der zu viel weiß, automatisch als Mittäter oder Komplize gilt!«

Er fuhr sich mit dem Handrücken über die Stirn, um lästige Gedanken zu vertreiben, und ich blätterte das aus dem Jahr 1938 stammende Kassenbuch auf: Während Stalin die Rote Armee säuberte, Hitler das Kristallnacht genannte Judenpogrom vorbereitete und japanische Soldaten in Nanking 300.000 Chinesen abschlachteten, hatte die *Pharmacie Buch – produits chimiques et phar-*

maceutiques Einnahmen von 424.248,58 haitianischen Gourdes oder 84.849,71 US-Dollar verbucht.

5

Einzeln oder in kleinen Gruppen kamen sie durch die Tür: Künstler und Schriftsteller, Entwicklungshelfer und Diplomaten, Nachbarn und Freunde nahmen in Korbstühlen auf der von einem Mangobaum beschatteten Veranda Platz und nippten an ihren Rumcocktails, während die Köchin, Madame Evans, landesübliche Spezialitäten kredenzte: Acras, in Öl gebratene Teigtaschen, Kibis genannte Hackfleischbällchen, Avocados mit Shrimps, Selleriestangen und Salzgebäck. Dies war Klaus' letzter Abend, die Welthungerhilfe hatte ihn nach Bonn zurückversetzt, und prominentester Gast des ihm zu Ehren veranstalteten Empfangs war Claude Prépetit, ein Geologe, der an der École des Mines in Paris studiert und ein Beben mit Epizentrum Port-au-Prince seit Jahren vorausgesagt hatte.

»Als ich dem Präsidenten meine Besorgnisse vortrug, riet er mir, das Dossier in der Schublade zu lassen«, sagte der Seismologe, der in seinem weißen Anzug wie ein Schiffssteward aussah. Haiti habe so schon genug Probleme, meinte der Staatschef, und ich könne Ärger bekommen, wenn ich die Erdbebengefahr publik machen würde. Prépetit ignorierte die Drohung, organisierte Protestdemonstrationen und verlangte strengere Bauauflagen und regelmäßige Zivilschutzübungen wie in Japan und Kalifornien. Nach dem Erdbeben beglückwünschte der Präsident ihn zu seinem Weitblick, weigerte sich aber, auf Prépetits Forderungen einzugehen mit dem Argument, der Schutz vor Hurrikans habe Vorrang.

Es gebe zwei tektonische Faltungen, erklärte der Seismologe, nachdem er den Umriss der Insel, erinnernd an ein nach Beute schnappendes Krokodil, mit Kugelschreiber auf eine Serviette gekritzelt hatte. »Die erste Faltung verläuft in westöstlicher Richtung, von Môle St. Nicolas nach Santiago de los Caballeros, die zweite in Nordsüdrichtung von Puerto Plata nach Port-au-Prince. Dort, wo die Bruchlinien aufeinandertreffen, liegt ein Hot Spot, an dem sich die mexikanische unter die karibische Platte schiebt.« Cap Haitien sei akut gefährdet – 1842 habe ein Beben die Stadt zerstört, ähnlich wie Port-au-Prince siebzig Jahre zuvor, und in beiden Fällen hätten auf Stelzen stehende Holzhäuser die Erdstöße am besten verkraftet.

Die humanitäre Hilfe sei ein Erfolg, fügte Klaus hinzu: Die internationalen Organisationen hätten ihre selbst gesetzten Ziele erreicht, am desaströsen Zustand des Landes aber nicht das Geringste verändert. »Irgendwie geht das Leben weiter, aber irgendwie ist nicht gut genug!« Diesen Satz hatte ich schon einmal gehört.

Madame Evans brachte frisches Eis und schenkte Monsieur Prépetit Whisky nach. »Wie fühlten Sie sich«, fragte ich und beugte mich vor, um die Antwort nicht zu verpassen, »wie fühlten Sie sich, als die Erde bebte und sich das bewahrheitete, was Sie seit Jahren prophezeit hatten in der Hoffnung, dass es nie passieren würde?«

»Das ist eine gute Frage«, sagte der Seismologe, während ich ihm Feuer gab. »Ich kam mir vor wie eine vergewaltigte Frau, die ein Baby gebiert, das sie nicht haben wollte, und ich verspürte kein Triumphgefühl, nur Bitterkeit. Anders als meine Landsleute, die laut beteten und verzweifelt um Hilfe riefen, wusste ich, dass das Erdbeben kein göttliches Strafgericht, sondern die Quittung für menschliches Versagen war.«

6

Ich hatte die schwarze Erde Haitis gegessen und mich selbst in Erde verwandelt, aber die Tatsache meines Todes war meinem Gedächtnis entfallen. Erst beim Blick auf die Uhr wurde mir klar, was die Stunde geschlagen hatte: Es war 11 Uhr 11, und als ich zum zweiten Mal auf die Uhr schaute, war es 13 Uhr 13 – symbolische Zahlen, die anzeigten, dass die Zeit aus den Fugen geraten war. Passend dazu las ich im Bordmagazin des Jumbo-Jets einen Bericht über den Maya-Kalender: Demnach markierte die Implosion des World Trade Centers in New York den Beginn der Nicht-Zeit, die durch zyklische Krisen gekennzeichnet war, einander wechselseitig verstärkend in einem negativen Synergie-Effekt: Finanzkrise, Wirtschaftskrise, politische Krise, soziale Krise, ökologische Krise und Klimakrise, hervorgerufen durch den Zusammenstoß eines El-Niño-Phänomens mit einem La-Niña-Phänomen. Das wiederum wurde ausgelöst durch Abweichungen der Planetenbahnen von der Zahl 13, genannt Tzol Kin, die den babylonischen Tierkreiszeichen ebenso zugrunde lag wie den Fraktalen der nichteuklidischen Geometrie. Am 21. Dezember 2012 würde die Welt enden, 13 Baktûn, 4 Ahau und 3 Kankin, genau 1.872.000 Tage nach ihrer Erschaffung am 13. August 3114, und beim erneuten Blick auf die Uhr stellte ich fest, dass meine Zeit abgelaufen war. Das von einer schlitzäugigen Stewardess servierte Menü – Artischockenherzen, Salatbouquets und Qumquat-Früchte mit Zimteis – passte zur neu gewonnenen Leichtigkeit des Seins, die ich im Jenseits verspürte, aber es schmeckte fad und war statt mit Salz mit Wasabi gewürzt, einer giftgrünen Paste, deren Farbe dem von Jules Verne beschriebenen grünen Leuchten ähnelte, bevor die Sonne im Meer versinkt.

Nach dem mit Kaffee und Calvados abgerundeten Essen widmete ich mich den Entspannungsübungen, die das Bordmagazin den unter Alltags- und Berufsstress leidenden Passagieren empfahl:

»Umfassen Sie Ihren linken kleinen Finger mit der rechten Hand und sagen Sie zu sich selbst: Ich spüre meinen Finger, das ist mein kleiner Finger, er pulsiert. Berühren Sie die Nasenspitze mit Ihrer favorisierten Hand, erforschen Sie die Beschaffenheit und Form Ihrer Nasenflügel, zählen Sie hörbar von eins bis sechsundzwanzig und sagen Sie dazu das Alphabet auf; verbinden Sie Zahlen und Alphabet und sprechen Sie laut, in der Öffentlichkeit aber gedämpft: A eins, B zwei, C drei und so weiter. Legen Sie Ihr Gesicht in die Hände, beamen Sie unangenehme Erinnerungen an die Wand, knipsen Sie die Fernbedienung an und sofort wieder aus; ballen Sie Ihre Gedanken und Gefühle zu einer Gewitterwolke, pusten Sie diese in eine weit entfernte Wüste und lassen Sie es regnen: Schauen Sie zu, wie frisches Grün aus dem Boden sprießt, Blumen und Bäume wachsen ...«

Aber das erwies sich als schwierig: Anstelle von Gräsern und Blumen sprossen Kandelaberkakteen aus dem Boden und reckten ihre Arme anklagend zum Himmel, von dem gnadenlos die Sonne herabbrannte. Ich hatte mich in der Wüste verirrt, im Rücken die brüllende Brandung, von der eiskalter Nebel wallte, vor mir eine Düne, in der ich bis zu den Knöcheln versank: Skelettküste, Death Valley, Wüste Namib oder Wüste Taklamakan: Vergeblich ritzte ich, um meinen Durst zu stillen, die Lederhaut eines Kaktus, aus der eine sämige Flüssigkeit quoll, die meine Lippen und Zunge verätzte und die Halluzinationen verstärkte, an denen ich litt. Vergeblich versuchte ich, die einander überkreuzenden Fußspuren zu lesen, die ich im Sand hinterließ, vergeblich kühlte ich meine brennende Stirn an der Armbeuge eines Kaktus, dessen spitze Stacheln sich wie eine Dornenkrone in meinen Kopf bohrten: *Wasser für die Elefanten* – der Titel eines Tierfilms fiel mir ein, während der Jumbo-Jet unsanft aufsetzte und sanft ausrollte – oder musste es *Filmtier* heißen?

Nach der Landung bestieg ich eine per Mausklick reservierte Limousine, die mich fast ohne mein Zutun, geräuschlos und diskret, zu der in den Navigator eingegebenen Adresse beförderte. Im Autoradio hörte ich Stauwarnungen und Verkehrshinweise, die mir seltsam unwirklich vorkamen, als handle es sich um Mitteilungen in einem für Außerirdische bestimmten Code.

ACHTUNG: Im Raum Mutterstadt sind Schwertransporter mit Überbreite unterwegs, die nicht überholt werden können: Gefahr durch Gegenstände auf der Fahrbahn – Gefahr durch Personen auf der Fahrbahn – Gefahr durch spielende Kinder auf der Fahrbahn – Gefahr durch freilaufende Pferde auf der Fahrbahn – Gefahr durch Froschlaich auf der Fahrbahn – Gefahr durch Ölschlieren auf der Fahrbahn – Gefahr durch Blitzeis – Gefahr durch Kanthölzer – Gefahr durch Eisenteile – Gefahr durch Reifenteile – Gefahr durch Leichenteile auf der Fahrbahn.

WARNUNG: Auf der Bundesstraße zwischen Homberg-Efze und Homberg-Ohm sind Geisterfahrer unterwegs – fahren Sie rechts ran und steigen Sie nicht aus. In diesem Augenblick fiel es mir wie Schuppen von den Augen, und ich begriff, dass von mir selbst die Rede war: Ich hatte meinen Astralleib verlassen und einen anderen Aggregatzustand erreicht, der von allen, die dort gewesen sind, als DRITTES UFER DES FLUSSES bezeichnet wird.

DAS DRITTE UFER DES FLUSSES

»Im Innern hier ein paradiesisch Land:
Da rase draußen Flut bis auf zum Rand!«
(Goethe: *Faust II*)

1

Dies also ist der Ort, wo die Toten sind, dachte Judith. Alles deutete darauf hin: Der Bettler oder Obdachlose, der seitlich hingestreckt am Straßenrand lag, der Motorradfahrer mit Sturzhelm und schwarzer Ledermontur, der an ihm vorbeibrauste, ein Todesbote aus einem Film von Cocteau, und zwei am Himmel kreisende Geier, auf Spanisch *zopilotes* genannt, Kopiloten des Lebens, die auf den richtigen Moment warteten, um herabzustoßen, und aussahen, als hätten sie sehr viel Zeit. War das alles gewesen? Oder gab es ein Leben nach dem Tod? Judith kam nicht dazu, sich die selbst gestellte Frage zu beantworten, denn der Taxichauffeur sagte einen Satz, dessen Sinn sie nicht sofort verstand: »Machen Sie das zu Hause auch?«

»Wovon sprechen Sie?«

»Von der Autotür. Schlagen Sie die immer so fest zu? Sie wecken schlafende Hunde!« Und er wies auf den

Obdachlosen, der sich auf die Seite drehte, während ein streunender Hund einen feuchten Fleck an seiner Hose beschnüffelte, bei dem es sich um Blut handeln konnte, Urin oder eine andere Körperflüssigkeit.

»Ich komme aus Deutschland«, sagte Judith, um dem fremden Land die Fremdheit zu nehmen, und gab dem Fahrer ihre Visitenkarte. »Mein Name ist Judith – und wie heißen Sie?« Eine Reisende mit Namen und Adresse würde nicht so leicht ermordet, gekidnappt oder vergewaltigt wie eine anonyme Touristin, bildete sie sich ein.

»Me llamo Adolfo – como Adolfo Hitler«, rief der Taxichauffeur und entblößte sein lückenhaftes Gebiss, dem zwei Schneidezähne fehlten – unter seinem Schnauzbart klaffte ein Loch.

»Hitler war kein Deutscher«, sagte Judith und staunte über ihre eigene Schlagfertigkeit. »Er war Österreicher und erhielt erst zu Beginn der dreißiger Jahre die deutsche Staatsangehörigkeit. Da war es schon zu spät.«

»Zu spät wofür?«

»Zu spät, um Hitler zu stoppen, bevor er sich zum Reichskanzler ernennen ließ.«

2

Nach dem Tod ihres Ex-Mannes hatte Judith die größtmögliche Distanz zwischen sich und ihr früheres Leben gelegt, das kein ganzes, nur ein halbes Leben gewesen war – *Sein für Anderes* im Hegelschen Sinn – und das ihr rückblickend wie eine von Nebel umflorte Vorzeit erschien, vergleichbar der Würm-Eiszeit oder dem Magdalénien. Nur durch Zufall hatte sie die an ihren Ex-Mann adressierte E-Mail gelesen, in der ein ihr unbekanntes Vorbereitungskomitee, das sich nach dem Tagungsort, einem Literatencafé, La Cueva nannte, den Verstorbenen zum Karneval der Künste nach Barranquilla einlud. Judith hatte nie die Karnevalsbegeisterung ihres Mannes geteilt und nur widerwillig die Sitzungen des Fastnachtsvereins Narhalla besucht, dem er zu Studienzwecken beigetreten war. Und jedes Mal, wenn das Orchester einen Tusch spielte, um die Pointe eines Büttenredners zu untermalen, hatte sie hinter vorgehaltener Hand gegähnt. Der verordneten Fröhlichkeit konnte sie nichts abgewinnen, und die Kölner Jecken gefielen ihr genauso wenig wie die Mainzer Prinzengarde, die aus Konfettikanonen Karamellbonbons in die Menge schoss.

Judith teilte den Organisatoren des Karnevals der Künste mit, ihr Ex-Mann sei unerwartet verstorben, und zu ihrer Überraschung antwortete das Vorbereitungskomitee, die Einladung gelte selbstverständlich auch für sie. Die Stadt Barranquilla würde sich glücklich schätzen, sie als Ehrengast zu begrüßen: Der von ihrem Mann verfasste Essay *Die Geburt des Jazz aus dem*

Geist des Karnevals werde ins Spanische übersetzt und im Programmheft der Tagung abgedruckt; Flug- und Hotelkosten würden von den Veranstaltern übernommen.

»Ich wette, dahinter steckt die Drogenmafia«, meinte Judiths Freundin Maja, die ihr Neidgefühl nicht verhehlte, während Judith, in ihrem Schulatlas blätternd, feststellte, dass Barranquilla nicht in Venezuela lag – sie hatte es mit Maracaibo verwechselt –, sondern an der Karibikküste Kolumbiens, dort, wo der Rio Magdalena in den Atlantik fließt. Es fiel ihr wie Schuppen von den Augen, und Judith erinnerte sich, dass Magaly, die Ordensschwester, die ihr in La Sainte Baume begegnet war, vom Rio Magdalena stammte und in Barranquilla aufgewachsen war. Der Ortsname löste einen Erinnerungsschub aus und war ausschlaggebend dafür, dass Judith nach Kolumbien zu fliegen beschloss, ein Land, mit dem sie außer der Begegnung mit Magaly nichts verband. Noch am gleichen Tag schrieb sie den Organisatoren, die Einladung nach Barranquilla sei eine große Ehre und sie freue sich darauf, in Vertretung ihres verstorbenen Mannes am Karneval der Künste teilzunehmen.

3

War Barranquilla der Eingang zur Hölle oder zum Paradies? Der auf eine Hauswand gekritzelte Slogan FELIZ VANIDAD, den sie im Vorbeifahren las – eine

Verballhornung des Weihnachtswunschs FELIZ NAVIDAD – erinnerte sie an die Inschrift am Tor zu Dantes Inferno: *Lasciate ogni speranza, voi ch'entrate*. Demnach war sie in der Hölle, aber der in Zellophan verpackte, mit Silberschleifen dekorierte Obstkorb im Hotelzimmer hätte eher ins Paradies gepasst – tropische Früchte, die sie noch nie gesehen, geschweige denn gekostet hatte, und deren Namen sie sich vom Liftboy buchstabieren ließ: Chirimoya, Guayaba, Lechosa, Mamey ... Judith biss in eine wie eine Panzerfaust geformte, schuppige Frucht, deren sämiger Saft einen pelzigen Geschmack im Gaumen hinterließ, zog die Jalousie hoch und blickte ins blaue Auge des Swimmingpools, ein nierenförmiges Becken, aus dem ein Hoteldiener Blätter fischte, die hier nicht nur im Herbst, sondern das ganze Jahr über von den Bäumen rieselten. Ein Zitat, mit dem ihr Ex-Ehemann bei solchen Gelegenheiten seiner Begeisterung Ausdruck verlieh, fiel ihr ein: *Wie wahr, wie seiend!* – aber statt nachzusinnen über die Frage, ob der Ausruf von Goethe oder von Novalis stammte, trat sie unter die Dusche, um den Staub und Schweiß der Reise von der Haut zu waschen. Mit Shampoo vermengtes Wasser staute sich auf den Kacheln, und erst als sie ein Bündel Schamhaare aus dem Ausguss klaubte, lief es gurgelnd ab und spülte die Erinnerung an den zwölfstündigen Transatlantikflug hinweg.

4

Am nächsten Morgen nahm Judith, trotz des Zeitunterschieds hellwach, als Dritte im Bunde auf dem Podium Platz, neben einem Kolumbianer, der wie ein auf Dauerfeuer gestelltes MG rasend schnell spanisch sprach. Zum Glück blieb es ihr erspart, den von ihrem Ex-Mann verfassten Essay *El nacimiento del jazz del espirito del carnaval* vorzulesen; stattdessen sah sie einer winzigen Spinne zu, die sich an einem durchsichtigen Faden von der Decke hangelte, um aus einer auf dem Tisch stehenden Karaffe Wasser zu trinken. Wasser war knapp an der Karibikküste; als Folge eines La-Niña-Phänomens herrschte extreme Dürre, die Buschbrände verursachte, Flüsse versiegen und Bäche austrocknen ließ. Dazu passte die beredte Klage des kolumbianischen Schriftstellers, den die Hitze dermaßen ausgelaugt hatte, dass er einer präkolumbianischen Mumie glich – ein Menetekel der Erderwärmung, wenn man so will: »Liebe am Nachmittag ist nicht mehr möglich, und Verliebte, die während der Siesta Sex haben wollen, müssen auf das Liebesspiel verzichten, weil allein schon das Verschränken der Beine den Schweiß in Strömen fließen lässt. Die Hitze wirkt wie eine ansteckende Krankheit, die den Körpern die Flüssigkeit entzieht, über die Poren in die Blutbahn dringt und von dort ins Gehirn!«

Ganz andere Töne schlug ein katalanischer Kritiker an, der, ausgehend von seinem eigenen Bauchumfang, eine Poetik des Dickseins entwarf und dafür die Weltliteratur zum Kronzeugen aufrief – von Gargantua und Falstaff bis zu Thomas Manns *Baddenbrox*, einer Familiensaga, in der ausgiebig gegessen und getrunken werde. Nur Don Quijote, der Ritter von der traurigen Gestalt, passte nicht in die illustre Ahnenreihe, dafür aber Sancho Pansa und Oblomow. Hinter dem Lob der Korpulenz, erklärte der Dickbauch, verberge sich eine Hommage an den Literaturtheoretiker Michail Bachtin, der in seinen Studien über die Lachkultur der Renaissance von nach außen gestülpten Körpern spreche, wie sie noch heute auf Karnevalsumzügen zu sehen seien. Bei diesen Worten sah er Judith scharf an, und obwohl sie keine Ahnung hatte, wovon die Rede war, nahm sie den ihr zugespielten Ball auf.

»Im Flugzeug von Bogotá nach Barranquilla«, hauchte Judith ins Mikrophon, »las ich in der Zeitung *El Tiempo* zwei neue Wörter, die es in Deutschland noch nicht gibt: Narcoestetica und Parapolitica.« Was Parapolitik sei, könne sie sich denken, denn auf dem Index der Korruption stehe die Bundesrepublik zwar besser da als andere Länder, doch auch deutsche Politiker hätten ihre Käuflichkeit unter Beweis gestellt. Mit Drogenästhetik aber seien keine psychedelischen Halluzinationen gemeint, sondern Schönheitsoperationen, wie junge Mädchen sie zum Abitur von den Eltern spendiert bekämen: Die plastische Chirurgie sei zum Statussymbol geworden, das aus der Sexindustrie in die Mittelklasse abgewandert sei, und Frauen ohne künstlich vergrößerte Busen gälten nicht als begehrenswert.

Beifall, Gelächter und Getrampel, vor dem die an der Karaffe nippende Spinne erschrocken zur Decke floh:

Judith hatte die Herzen der Kolumbianer erobert und wurde auf Händen vom Podium getragen – nicht buchstäblich, aber im übertragenen Sinn. Um sich vor Interviewanfragen zu retten, stieg sie in den hoteleigenen Pool und blickte, auf dem Rücken im Wasser treibend, in den von der Sonne durchfluteten Himmel, dessen Azur jedes andere Blau an Klarheit übertraf. Judith dachte nach über die inflationäre Verbreitung der Vorsilbe *ex*, deren Aufstieg mit dem Fall der Berliner Mauer begonnen hatte: »Ich bin der Ex-Berater des Ex-Präsidenten der Ex-Sowjetunion«, mit diesen Worten hatte ein Deputierter der Moskauer Duma eine Konferenz zum Krieg in Ex-Jugoslawien eröffnet, an der Judith als Beobachterin teilnahm, und schon damals hatte sie sich gefragt, ob es politisch korrekter sei, von der Ex-DDR, der früheren oder der ehemaligen DDR zu sprechen – ganz zu schweigen vom Ex-Freund oder der Ex-Geliebten, die nur noch Ex hießen.

Höhe- und Tiefpunkt des Karnevals war eine Matinee am Sonntagvormittag, in der Tinto Brass, ein italienischer Regisseur, vor Schülerinnen eines katholischen Internats sein Filmschaffen erläuterte. Vielleicht, dachte Judith, hatte Magaly das gleiche Internat besucht. Das Wort Filmschaffen war zu hoch gegriffen, denn es handelte sich um einen Softporno auf halbem Weg zwischen Kult und Trash, eine Seifenoper im besten Sinn des Worts. Die Hauptdarstellerin und Muse des Regisseurs, die sich vor laufender Kamera selbst befriedigt hatte, saß *live* auf dem Podium und erklärte freimütig, es mache ihr Spaß, beim Sex gefilmt zu werden. Und während Tinto Brass das Programm der von ihm gegründeten Partei *Eros è liberazione* darlegte, gestand Judith sich widerwillig ein, dass der Schmuddelfilm sie angezogen und abgestoßen, moralisch empört und erotisch fasziniert hatte – eins schloss das andere nicht aus.

Der Publikumsmagnet des *Carnaval de las artes* aber waren nicht die Vorträge und Podiumsdiskussionen, sondern ein Konzert kolumbianischer Volksmusik, das deren deutsches Gegenstück blass aussehen ließ, obwohl der Siegeszug der Vallenato genannten Musik mit der Havarie eines deutschen Frachters begonnen hatte. Nur ein Schiffsjunge hatte den Untergang der *Turnvater Jahn* überlebt, und der Smutje staunte nicht schlecht, als er triefnass über den Strand kroch und gedämpfte Musik hörte, die aus der Brandung in seine mit Tang verstopften Ohren drang, eine Sphärenmusik, die im wiegenden Walzertakt die Kreisbahn der Gestirne am tropischen Nachthimmel nachvollzog.

Der Frachter hatte Ziehharmonikas der Marke *Hohner* geladen, im Volksmund Quetschkommoden genannt, und die auf den Wellen tanzenden Schifferklaviere wurden von der Dünung rhythmisch auseinandergezogen und wieder zusammengepresst, eine auf- und abschwellende Musik, die sich wie ein Ohrwurm in die Gehörgänge bohrte und die der Smutje mehr schlecht als recht nachspielte auf einem an Land gespülten Akkordeon. Zuerst troff nur Salzwasser aus dem Instrument, aber nach kurzer Zeit hatte er den Dreh heraus und musizierte mit solcher Hingabe, dass eine zufällig vorbeischwimmende Seejungfrau, Nixe oder Sirene, ihm, ohne zu zögern, ihr Jawort gab. Es war Liebe auf den ersten Blick, und so begann der Siegeszug des Vallenato, der sich lange vor Tango, Mambo und Rumba, Bolero, Calypso und Cha-Cha-Cha von Kolumbien aus in ganz Südamerika verbreitete.

5

Tinto Brass, der italienische Regisseur, forderte Judith zum Tanz auf, und da vor ihren Augen grell geschminkte Vampire und Zombies, Frankenstein-Monster und in Binden gewickelte Mumien auf und nieder wogten, wagte sie es nicht, nein zu sagen, und stürzte sich kopfüber ins Getümmel der Musik, deren Rhythmus ihr wie ein Stromschlag in die Beine fuhr, als hätte ein Hexenzauber ihren freien Willen außer Kraft gesetzt. *Hier bin ich Mensch, hier darf ich's sein*, dachte Judith, während ein schwabbelnder Bauch ihre Hüften streifte. »Ich möchte einen Pornofilm mit dir drehen«, knurrte Tinto Brass mit vor Erregung heiserer Stimme und blies ihr den Rauch seiner Havanna ins Gesicht: »Meine Muse ist Rechtsanwältin genau wie du, und ich bin sicher, dass ihr beiden euch gut versteht!«

»Seit wann duzen wir uns«, sagte Judith, nahm ihm die Zigarre aus dem Mund und warf sie in die Luft, wo der Stumpen wie ein Komet beim Eintritt in die Atmosphäre aufflammte und dann erlosch.

»Einen Augenblick bitte«, rief Tinto Brass, während Judith sich einer als Torero verkleideten Tänzerin zuwandte. »Wir fahren morgen nach Cartagena auf den Spuren von García Márquez, dem Literaturnobelpreisträger. Wenn Sie Zeit und Lust haben, kommen Sie mit!«

6

»Vor Ihnen liegt das Museum der Inquisition«, sagte der kleine Bruder des großen Schriftstellers, der Touristen aus aller Herren Länder durch die Altstadt von Cartagena führte. »Schräg gegenüber das in der Autobiographie meines Bruders erwähnte Bordell, mit einer Hintertür für Priester und Mönche, die nicht gesehen werden wollten, wenn sie das Gebäude betraten.«

Don Jaime war das jüngste von fünfzehn Geschwistern, alle von ein- und derselben Mutter stammend, der García Márquez in seinem Buch *Die Liebe in Zeiten der Cholera* ein Denkmal gesetzt hatte. Er sah aus wie sein Bruder, nur ohne dessen Schnurrbart, und obwohl oder weil er kein Schriftsteller, sondern Architekt und Bauingenieur war, kannte er sich bestens aus im Werk des Nobelpreisträgers, den er mit familiären Kosenamen Gabo oder Gabito nannte.

»Dies war der Sitz der Zeitung *El Universal*, wo Gabo im März 1948 seinen ersten Artikel schrieb. Er tippte seine Texte direkt in die Maschine und aß und schlief zwischen Papierballen in der Redaktion. Damals gab es weder Laptops noch separate Büros, alle Mitarbeiter saßen am gleichen Tisch, redeten und schrieben, telefonierten und gestikulierten wild durcheinander. Nach der Arbeit gingen sie zum Hafen, wo sich damals der Fischmarkt befand, tranken Bier und aßen Meeresfrüchte mit Kochbananen und Maniok.

»Hier« – Don Jaime zeigt auf einen Kolonialbau mit messingbeschlagener Tür – »wohnte der Sklavenhändler Marqués de Valdehoyos, bei dem Simón Bolivar im Roman *Der General in seinem Labyrinth* logiert. Später wurde Gillo Pontecorvos Film *Queimada*, mit Marlon Brando in der Hauptrolle, hier gedreht. Und dort« – er deutet auf ein gelb getünchtes Gebäude – »lebte und arbeitete Alejandro Obregón, den Gabito jedes Mal besuchte, wenn er nach Cartagena kam. Der Maler war berühmt für sein exzentrisches Gebaren: Er schoss auf sein Selbstporträt, weil es ihm nicht mehr gefiel, und als der Inhaber einer Bodega sich weigerte, nach der Sperrstunde Bier auszuschenken, mietete er einen Zirkuselefanten und weckte den Wirt aus dem Schlaf, indem er den Dickhäuter die Tür eintreten ließ.«

Auch sein Bruder sei öfter über die Stränge geschlagen, fügte Don Jaime hinzu, während Tinto Brass schwer atmend auf eine Parkbank sank und sich mit einem Stadtplan Luft zufächelte. Die Porno-Queen aus Italien hatte ihre Teilnahme abgesagt, da ihr die kolumbianische Küche nicht bekam – beim Geruch in Öl gebratener Teigtaschen spürte sie Brechreiz und Übelkeit. Die Polizei hätte Gabo mehrmals verwarnt, fuhr

Don Jaime fort, weil er zweifarbige Schuhe und knallig bunte Hawaii-Hemden trug, und nur widerwillig habe er sich in einen Frack gezwängt, als er in Stockholm den Nobelpreis entgegennahm. Oder war es ein Smoking?

»Cartagena ist die Heimat des magischen Realismus«, hörte Judith sich sagen. »Hier kennt jeder jeden, und alle sind miteinander verschwägert oder versippt. Haben Sie von einer jungen Frau gehört, die in Erfüllung eines Gelübdes Nonne wurde und nach Frankreich ging? Ihr Name ist Magdalena, aber sie nennt sich Magaly.«

Judith bereute ihre Frage, aber Jaime stimmte ihr zu. »Die Familienstruktur von Cartagena ist das Ergebnis einer endlosen Orgie, die wie ein Schifferknoten nur schwer aufzudröseln ist.« Magaly sei ein häufiger Name an der Karibikküste, setzte er hinzu, doch die von Judith erwähnte Nonne kenne er nicht mal vom Hörensagen. »Fahren Sie nach Mompox und sprechen Sie mit der Äbtissin des Klosters zur unbefleckten Empfängnis. Die kann Ihnen weiterhelfen. Oder wenden Sie sich an meinen Bruder. Sein Kurzzeitgedächtnis lässt zu wünschen übrig, aber seine Langzeiterinnerung funktioniert bestens. Gabo empfängt gerne Damenbesuch!«

Jaimes anzügliches Lächeln passte besser zu einem Pornofilmregisseur als zu einem Bauingenieur.

7

Gabriel García Márquez ähnelte seinem Vater, der Telegraphist bei der Eisenbahn gewesen war, nur ohne dessen Backenbart. An Stelle eines als Vatermörder bezeichneten Stehkragens trug er ein besticktes Folklorehemd, Guayabera genannt, das bis zur Hüfte herabhing, und wirkte kleiner als im Fernsehen – als sei er im Alter um mehrere Zentimeter geschrumpft. »Ich habe Ihren Besuch erwartet«, sagte der Nobelpreisträger, während Judith ihm am Arm von Jaime über knirschenden Kies entgegenkam. »Mein Bruder hat mir von Ihnen erzählt!«

»Das stimmt«, wisperte Jaime ihr ins Ohr, »aber seien Sie unbesorgt – er vergisst alles, was man ihm erzählt. Der einzige Name, an den er sich erinnert, ist Alzheimer.« Jaime lachte über seinen eigenen Witz.

»Wie Sie sehen, habe ich Cartagena verlassen und bin zurückgekehrt nach Bogotá. Der Bürgermeister hat mir dieses Domizil zur Verfügung gestellt« – er zeigte auf ein von Bougainvillea umranktes Gittertor und einen Marmorbrunnen mit Quellnymphe, die aus einer Schale Wasser schöpfte. »Früher hat Simón Bolívar hier gewohnt, jetzt gehört die Villa mir. Ich habe sie in einem meiner Romane beschrieben. Wie heißt er doch gleich?«

»*Der General in seinem Labyrinth.*«

»Ganz recht. Ich lese keine Bücher mehr, nur noch Zeitschriften. Wissen Sie, was eine Zeitungsente ist?

Das Wochenmagazin *La Semana* schreibt, man hätte mir den Nobelpreis verliehen. Das ist eine infame Lüge. Es war der *Premio Cervantes*, und der wird nicht in Stockholm, sondern in Madrid überreicht. Was kann ich für Sie tun, junge Frau?«

Jaime tippte sich mit dem Zeigefinger an die Stirn, während Judith die Frage vorbrachte, die sie sich auf der Fahrt im Taxi zurechtgelegt hatte.

»Ob ich Magaly kenne? Cómo no! Sie war die Tochter von Stella Villamizar, die bei Camilo Torres Theologie studiert hat. Damals war ich in sie verliebt – ich spreche von der Mutter, nicht von der Tochter – die war noch zu jung. Später schloss Stella sich der Guerilla an, FARC oder ELN – das weiß ich nicht mehr genau. Oder war es die M-19? Sie starb bei der Erstürmung des Justizpalasts, und nach dem Tod ihrer Mutter trat Magaly ins Kloster ein.«

8

Die Fahrt nach Mompox wurde zur Zeitreise in die Vergangenheit. Der Hotelmanager hatte ihr geraten, nicht den Bus, sondern das Schiff zu nehmen, und die nach Dieselöl stinkende Fähre, die Judith bestieg, erinnerte sie an das Totenschiff im gleichnamigen Roman, den sie als Teenager gelesen hatte – ein Raddampfer aus der Frühzeit der Industrialisierung, der jedem Technikmuseum zur Ehre gereicht hätte. Alles passte dazu: Die unter ihren Schritten bebenden Planken, der versiffte Schornstein, der Wolken von Ruß ausspie, die von der Schiffswand blätternde Farbe, durch die Rostflecken schimmerten, und die kreischende Ankerwinde, die eine mit Algen und Schlamm behängte Kette aus dem Brackwasser zog. Dazu erklang ein schrilles Tonsignal, halb Nebelhorn, halb Dampfpfeife, das sich schmerzhaft in die Gehörgänge bohrte; Zittern durchlief den morschen Schiffsrumpf, und die Fähre setzte sich ächzend und schnaubend in Bewegung, vorbei an Fischerbooten, Einbäumen und Flößen, die genauso aussahen, wie Alexander von Humboldt sie vor zweihundert Jahren in sein Skizzenbuch gezeichnet hatte, nur ohne auf Flussinseln dösende Krokodile. Die Zeit war stehengeblieben am Rio Magdalena, und Judith war die einzige Reisende an Bord, außer dem Kapitän und einem Maat, der wie tot auf einer Taurolle lag und im Schatten des Schiffsschornsteins seinen Rausch ausschlief. Der Kapitän, ein gewisser Elbers, schien genauso alt und gebrechlich zu sein wie sein Boot, das beim Stapellauf auf den Namen *El Libertador* getauft worden war zum Gedenken an den Befreier Südamerikas, der dem Urgroßvater des Kapitäns, Elbers senior, die Lizenz zur Schifffahrt auf dem Rio Magdalena erteilt hatte – als Dank für geleistete Dienste, wie Elbers junior sagte.

Die am Bug aufsteigenden Wellen teilten sich glucksend, um den Raddampfer durchzulassen, der in weitem Bogen, Blätter, Äste und Schaum aufwirbelnd, den Strom durchpflügte, während die bewaldeten Ufer als Grünstreifen am Horizont verdämmerten. Acht Stunden später – vom Vibrieren der Dieselmotoren betäubt, verlor Judith ihr Zeitgefühl – kam das Ziel der Reise in Sicht.

9

»Santa Cruz de Mompox«, sagte der Kapitän mit Blick auf das von Glockentürmen überragte Weichbild der Stadt, »war früher ein bedeutender Handelsplatz. Jeden Tag legten Schiffe hier an, die Geld in die Kassen schwemmten, und nicht nur der Gouverneur, auch Kaufleute und Pfaffen profitierten vom Handelsverkehr mit dem Hochland. Dann änderte der Rio Magdalena seinen Lauf, der Hafen versandete, und heute ist Mompox eine sterbende Stadt, die vom Verkauf von Minuten lebt.«

Kapitän Elbers zeigte auf einen baufälligen Bootssteg mit einem rostigen Hangar, an dessen Wellblechdach ein Schild baumelte mit der Aufschrift VENTA DE MINUTOS. »Früher wurden hier Zollformalitäten erledigt, jetzt werden Handyminuten verkauft, denn das Mobiltelefon ist unsere wichtigste Verbindung zur Außenwelt.«

Die Straßen von Santa Cruz de Mompox waren menschenleer und schienen nur von mageren Eseln und räudigen Hunden bevölkert zu sein; selbst die zogen sich, um der Mittagshitze zu entkommen, in den Schatten der Häuser zurück, deren Bewohner unsichtbar blieben und erst am Abend die kühlen Innenhöfe und mit Schmiedeeisen vergitterten Zimmer verließen, in denen sie Siesta hielten. Judith stieg im Hostal Doña Manuela ab, einem früheren Kolonialhotel, das schon bessere Zeiten gesehen hatte; der im Patio gelegene Pool war statt mit Wasser mit trockenen Blättern gefüllt, die verdächtig raschelten, als hielten Leguane sich dort versteckt. Beim Rundgang durch die Innenstadt folgte ihr ein Hund mit eingekniffenem Schwanz, der höhnisch die Zähne fletschte, als sie sich in einer vom Wind gebauschten Plastiktüte verhedderte. Im Rinnstein häuften sich von Fliegen umsummte Müllsäcke, die einen süßlichen Geruch verbreiteten: Ein schwer erträglicher Kontrast zur barocken Pracht der Kirchen, Klöster und Stadtpaläste, die von der kolonialen Vergangenheit zeugten. EL INICIO Y EL FIN DEL SER HUMANO ES RIQUEZA Y INDIFERENCIA – Anfang und Ende des Menschseins sind Reichtum und Indifferenz: Diesen Slogan, dessen Sinn sie nicht verstand, hatte jemand ans Tor der Kathedrale gesprüht, und Judith murmelte ihn halblaut vor sich hin, während sie die Avenida Real del Medio überquerte und durch die Calle de Atrás dem Hotel zustrebte.

10

Aus der Brause lief eine trübe Brühe, rot verfärbt vom Schlamm des Flusses oder von einer rostigen Rohrleitung, und die Hitze machte den Unterschied zwischen Warm- und Kaltwasser zur akademischen Spitzfindigkeit. Judith duschte, so gut es ging, und kroch, ohne sich abzutrocknen, unter das wie ein Baldachin aufgespannte Moskitonetz, das, wie nicht anders zu erwarten, löchrig war. Ein feines Surren war zu hören, das dröhnend näher kam, und während Judith darüber nachsann, ob es sich um eine Malaria-Mücke oder eine Denge-Fliege handelte, klopfte Doña Manuela an die Tür und meldete eine Besucherin, die sie im Patio des Hotels erwarte.

»Man nennt mich Totó la Momposina«, sagte die ausufernde Matrone, die sich, im Schaukelstuhl wippend, Luft zufächelte, »aber mein richtiger Name ist Sonia Bazanta Vides. Meine Vorfahren leben seit Generationen in Mompox, und ich kenne jede Menschenseele hier!«

Die alte Dame saß unter einem Flamboyant, dessen wie Geierschnäbel geformte Blüten Verwesungsgeruch verströmten, und ihr purpurroter Turban kontrastierte wirkungsvoll mit dem milchkaffeebraunen Teint ihrer Haut. Judith sah auf einen Blick, dass sie eine Schönheit gewesen war, eine Mischung aus Voodoo-Hexe und Salsa-Queen, deren Hüftschwung die Männer um den Verstand gebracht hatte. Ganz Kolumbien hatte ihr zu Füßen gelegen.

»Caracas schenkte mir das Leben, Mompox den Ruhm«, fuhr sie fort. »Das hat Simón Bolivar gesagt. Damals war hier der Mittelpunkt der Welt, aber heute liegt Santa Cruz de Mompox am toten Arm des Rio

Magdalena, und es nützt uns nichts, dass die UNESCO die Stadt zum Weltkulturerbe erklärt hat. Außer Rucksacktouristen verirrt sich niemand mehr hierher, im Gegenteil: Alle gehen fort – auch die von Ihnen gesuchte Person. Wie hieß sie doch gleich? Magdalena, genau wie der Fluss. Für uns ist sie gestorben, wir haben sie aus der Liste der Lebenden gestrichen.«

»Heißt das, Magaly ist tot?«

»Das sagen Sie! Ich habe nichts dergleichen gesagt!«

Judith war verwirrt. Woher wusste die Sängerin, dass der tiefere Grund ihrer Reise nicht der karibische Karneval war, sondern die Hoffnung auf ein Wiedersehen mit Magaly – ein Gedanke, den Judith nicht einmal sich selbst eingestand? Das Kloster La Sainte Baume hatte ihr auf Anfrage mitgeteilt, Schwester Magdalena habe Frankreich verlassen und sei nach Kolumbien zurückgekehrt. Doch woher kannte Totó la Momposina den Namen der jungen Frau, die Judiths Leben verändert hatte, obwohl sie ihr nur einmal begegnet war? Außer mit Kapitän Elbers hatte sie mit niemandem darüber gesprochen, und der war verschwiegen wie ein Grab. Oder war die Alte eine Hellseherin?

»Und wo ist Magaly jetzt?«

»Haben Sie den Namen Capax schon mal gehört?«

»Klingt wie ein potenzsteigerndes Aphrodisiakum oder aggressives Putzmittel.«

»Das ist es auch. Fahren Sie nach Leticia und fragen Sie dort nach Capax. Der kann Ihnen weiterhelfen!«

11

Der Inlandflug von Bogotá nach Leticia dauerte nur zweieinhalb Stunden, aber die Boeing 747 der *Tropical Airways* durchquerte mehrere Landschafts- und Klimazonen: Die Hochtäler der Anden, die Kaffeeanbaugebiete an den Hängen der Cordillera, die Grasebenen der Llanos, gesprenkelt von Rinderherden, die aus der Vogelperspektive wie Ameisen wirkten, und das Tiefland des Amazonas, kein Fluss, sondern ein Flusssystem, ein Delta im Landesinnern, aus dem Quellwolken stiegen, die sich über dem Urwald abregneten, ein Perpetuum mobile aus Wasserdampf und Sonnenenergie, das sich als Grüngürtel rund um den Äquator zog.

Passend dazu regnete es, als die Maschine auf der Rollbahn aufsetzte, das heißt, es regnete nicht nur, es spritzte wie aus Gartenschläuchen, aber anders als im kühlen Norden war der Regen lauwarm, und Judith war heilfroh, als sie im Schutz der Dachtraufe, von der das Wasser in Bächen herabfloss, ihren Abholer erblickte, einen Mulatten oder Mestizen mit einem in Folie eingeschweißten Namensschild auf der Brust. »Mi nombre es Anastasio«, sagte der Mann und entblößte die Zahnlücken in seinem Gebiss, dem wie dem Taxifahrer in Barranquilla die Schneidezähne fehlten.

»Leticia heißt so zur Erinnerung an den Sieg Kolumbiens über die peruanische Armee, die vorübergehend die Stadt eroberte«, sagte Anastasio, während er Judiths Gepäck entgegennahm und sie mit aufgespanntem Regenschirm zum Auto geleitete. »Leticia liegt im Dreiländereck zu Brasilien und Peru und war früher ein Zentrum des Drogenschmuggels und des grenzüberschreitenden Guerillakriegs.«

»Und heute?«

»Heute haben wir alles unter Kontrolle, todo bajo control!«

Der Amazonas fließe nicht nur an der Stadt vorbei, erläuterte der Taxifahrer, während er ein mit Wasser gefülltes Schlagloch durchfuhr, aus dem eine Woge von Lehm schwappte. Bei steigendem Pegelstand drücke er von unten gegen die Stadt und komme als Pfütze, Wasserloch oder Teich zum Vorschein, in dem sich Krokodile und Schlangen suhlten. Erst kürzlich habe eine Anaconda einen sechsjährigen Jungen angegriffen und erst von ihm abgelassen, als der Vater des Jungen ihr den Kopf abschlug. Das sei in Tabatinga passiert, auf der brasilianischen Seite der Grenze. Ob Judith wisse, dass die Anaconda ihre Beute erst dann verschlinge, wenn deren Herz zu schlagen aufhört?

»Gehen Sie nicht nach Tabatinga«, fügte der Chauffeur hinzu, »dort ist es zu schmutzig. Wenn Sie Hunger haben, gehen Sie ins Hotel de la Frontera oder zum

Rey del Colesterol. Dort können Sie so viel Fleisch essen, wie Sie wollen!«

Der Regen hatte aufgehört, und das Taxi hielt vor der Auffahrt des Decalodge Inn, aus dem ihr ein Portier in weinroter Livree entgegenkam.

12

Judith beschloss, das Gegenteil dessen zu tun, was der Chauffeur ihr empfohlen hatte, und lief über in der Hitze dampfenden Asphalt die Hauptstraße entlang, von der zum Flussufer führende Gassen abzweigten, Staubpisten, die sich bei Regen in Schlammpfützen verwandelten. Indiofrauen in geblümten Kleidern hockten mit angezogenen Knien am Straßenrand, rösteten Maniokmehl in flachen Pfannen und brieten auf Holzkohlefeuern Fische, die mit ihren Glubschaugen und nach außen gestülpten Mäulern an Außerirdische erinnerten, denen wie Antennen geformte Tentakel aus den Kiemen hingen. »Camucamu«, sagte eine zahnlose Alte und lächelte Judith einladend an, »oder möchten Sie lieber Piricaru?« Und sie zeigte auf einen Hexenkessel, in dem eine scharf riechende Brühe brodelte.

Judith winkte dem sich nähernden Motorradtaxi, dessen Fahrer, ein Jugendlicher in Windjacke und Sturzhelm, ein abruptes Wendemanöver vollführte und vor ihren in Sandalen steckenden Füßen zum Stillstand kam. »Nach Tabatinga«, sagte sie und schnallte sich den angebotenen Plastikhelm um. Dann nahm sie auf dem Rücksitz Platz und legte die Arme um die Schultern des jungen Mannes, der den Motor laut aufheulen ließ und sich, einen Bogen beschreibend, in den Verkehr einfädelte.

Sie fuhren an Geschäften vorbei, die Warenlagern oder Stapelplätzen ähnelten mit aufeinander getürmten Ölkanistern, Bierkästen und Säcken voll Reis, Mais und Maniok, der in Kolumbien Yucca hieß: Eine endlose Aneinanderreihung von Imbissstuben, Spielhallen, Diskotheken und Rotlichtbars, und das Einzige, was Leticia und Tabatinga voneinander unterschied, waren die Namen der Bier- und Schnapssorten: Hier Corona und Heineken, dort Brahma und Antarctica, hier Old Parr, dort Johnny Walker, hier Aguardiente, dort Cachaça. Das Motorradtaxi passierte einen Checkpoint brasilianischer Soldaten, der aus einem am Hotel de la Frontera aufgeschlagenen Armeezelt bestand – vermutlich saßen die Grenzer Caipirinha trinkend an der Bar. Der Fahrer hielt vor einem Schnellrestaurant mit blinkender Leuchtreklame, wo Judith, bevor ihr klar wurde, was FRANGO bedeutete, ein am Spieß gebratenes Huhn serviert bekam. Lieber hätte sie eine der Blutwürste bestellt, die an der Imbissbude gegenüber im Abendwind schaukelten, doch es fing an zu nieseln, und der Motorradfahrer mahnte zum Aufbruch. Er streifte ihr ein Regencape über, das nicht aus Kunststoff bestand, sondern aus Kautschuk, dessen Boom am Amazonas und später im Kongo Regenwälder zerstört und Millionen Menschen das Leben gekostet hatte. Das war hundert Jahre her, eine Umweltkatastrophe, die wie das Aussterben der Korallen im kollektiven Gedächtnis nicht vorkam, und Judith nahm sich vor, den neuen Roman von Mario Vargas Llosa zu lesen, der vom Kautschuk-Boom handelte. Aber als sie, um Fleischreste zu entfernen, einen Zwirnfaden durch eine Zahnlücke zog, löste sich eine Plombe aus der Verankerung, und sie erinnerte sich, dass sie in einem Horoskop gelesen hatte, sie habe ein Gesundheitsproblem.

13

Die Zahnarztpraxis lag neben der Banco Agrario, und obwohl täglich von 8 bis 12 Sprechstunde war, stand sie um 9 Uhr morgens vor verschlossener Tür. Judith wollte kehrtmachen, aber ein junger Indio, der auf das Öffnen eines Alkoholladens wartete, entriegelte die Tür und bat sie, auf dem mit Plastik bezogenen Sofa Platz zu nehmen. Trotz der Morgenstunde war es drückend heiß, und der Indio stellte den an der Decke befestigten Ventilator an, der kraftlos die stickige Luft umrührte. Um zehn erschien der Zahnarzt und leuchtete Judith mit einer Taschenlampe in den Mund. Bevor er den Bohrer ansetzte, schaltete er den Fernseher ein, und während er die Reste der Füllung entfernte, warf er Seitenblicke auf das Gerät, in dem eine brasilianische Telenovela lief. Ein Offizier mit gesträubtem Schnurrbart beugte sich über eine Blondine, die an einen Stuhl gefesselt war. »To tabay« hieß diese Art der Fesselung, bei der die Stricke tief ins Fleisch einschnitten, in Westafrika. »Es tut nicht weh«, sagte der Zahnarzt und bestrich den Hohlraum in Judiths Backenzahn mit einer Desinfektionslösung, bevor er ihn mit Amalgam füllte. Nach zwanzig Minuten war alles vorbei, Judith fühlte sich schmerz- und beschwerdefrei, und der Arzt verlangte fünfzigtausend kolumbianische Pesos von ihr – einen Bruchteil dessen, was die Behandlung in Europa kosten würde. Er war voll des Lobes für deutsche Zahntechnik; besonders die Bohrgeräte von Siemens hatten es ihm angetan, und er lachte laut auf, als Judith wissen wollte, ob er den Namen Capax schon mal gehört habe. »Na klar – jeder Kolumbianer meiner Generation weiß, wer das ist. Capax war Froschmann bei der Marine, hat als Double in Tarzan-Filmen mitgespielt und unter Wasser gegen Krokodile gekämpft. Er ist von Leticia nach Manaus geschwommen und den Rio Magdalena flussabwärts bis zur Mündung ins Meer. Früher posierte er auf Postkarten mit Anacondas, die er sich wie Rettungsringe um den Bauch schlang, aber wer kauft heutzutage noch Postkarten? Capax sitzt jeden Abend an der Decalodge Bar und wartet darauf, dass man ihm einen Drink spendiert. Wenn Sie ihn sehen, grüßen Sie ihn von mir!«

14

Es war fünf Uhr nachmittags, und die Luft war erfüllt von Pfeifen und Sirren, sich verdichtend zu schrillem Geschrei, in dem sie ihr eigenes Wort nicht verstand. *Wie die Seelen der Verdammten im Tränensee*, schrieb Judith in ihr Tagebuch, über dessen linierte Seiten eine Prozession von Termiten kroch. Violette Tropfen fielen vom Himmel und färbten wie Tintenkleckse das weiße Papier, ein von Gott gesandter Rohrschachtest, Blutregen, nein: Kotregen, und als Judith aufblickte von der Parkbank, auf der sie saß, schien das Laub der Bäume zu sieden: Schwärme von *Pericos*, grüngelben Papageien mit hellen Flecken am Hals, fielen in die Parkbäume ein und stritten sich um die besten Schlafplätze – oder waren sie auf Moskitojagd? Die Plaza Santander hallte wider von Vogellärm, Vogelscheiße troff herab und besudelte die Bronzefigur des Befreiers vom spanischen Joch, genannt *El Libertador*, und die holzgeschnitzten Indiokrieger, die mit Pfeil und Bogen das ethnologische Museum bewachten. Von hier aus war Gonzalo Pizarro, der kleine Bruder des großen Konquistadoren, gen Osten gezogen, auf der Suche nach den Zimtgärten des Paradieses, bis er, geschwächt von Indianerangriffen, Malaria und Hunger, den er durchs Schlachten seiner Hunde bekämpfte, auf einer Amazonasinsel starb. Nur sein Gefährte Francisco de Orellana, der sich unterwegs mit Pizarro überwarf, erreichte die Mündung des Stroms, den er für ein Binnenmeer oder einen Süßwassersee hielt.

15

»Haben Sie heute schon was für den Frieden getan?«, fragte der Fremde, der sich unaufgefordert auf dem Barhocker neben Judith niederließ. Sein durchtrainierter Bizeps war nackt, er trug eng anliegende Jeans und hatte ein Stirnband aus Jaguarfell um sein schulterlanges Haar gewunden, in dem sich graue Strähnen zeigten.

»Wie meinen Sie das?«

»*Make love not war* – Sie kennen den Spruch. Haben Sie heute schon Sex gehabt?«

»Damit kann ich nicht dienen. Aber wenn Sie möchten, spendiere ich Ihnen einen Drink.«

»Meine kolumbianischen Freunde nennen mich Capax, weil es nichts gibt, was ich nicht kann«, sagte der Fremde. »Mein richtiger Name ist Amazonas-Schmidt, und ich bin Stuntman und Bodybuilder von Beruf.«

Der Tarzan vom Amazonas ließ seine geölten Brustmuskeln spielen.

»Haben Sie den Namen Magaly schon mal gehört?«

»Frauen, die Magaly heißen, gibt es in Kolumbien wie Sand am Meer.«

»Ich meine die Tochter von Stella Villamizar. Kennen Sie die?«

»Und ob. Ich habe ihr das Überleben im Urwald beigebracht.«

»Und wo ist Magaly jetzt?«

»Selbst wenn ich es wüsste, dürfte ich es Ihnen nicht sagen. Sie hat sich der Guerilla angeschlossen, FARC oder ELN, beides läuft auf dasselbe hinaus. Nach dem Tod ihres Chefideologen Marulanda haben die Guerilleros ein taktisches Bündnis geschlossen.«

Der Barmann goss Whisky in ein mit Kältehauch beschlagenes Glas.

»Wenn ich Ihnen einen Rat geben darf«, sagte Capax und entfernte die Eiswürfel aus seinem Drink. »Bestellen Sie keinen Fruchtsaft, lieber Alkohol. Der Fluss ist mit Kolibakterien verseucht!«

16

Der Bootsführer hieß Abel und erinnerte Judith an den Indio, der ihr die Tür zur Zahnarztpraxis geöffnet hatte. Er schlief, in eine Persenning gewickelt, auf dem Bootssteg, als Judith sich über ihn beugte, um ihn zu wecken. Es war sieben Uhr früh, und die Sonne durchstach den Nebel über dem Fluss, während Judith den Indio wachrüttelte, der aus allen Poren nach Alkohol roch. Er rieb sich gähnend die Augen und verschwand in einem angrenzenden Hangar, aus dem das Plätschern von Wasser zu hören war. Dann drückte er ihr einen Pappbecher mit Kaffee in die Hand, verstaute Paletten mit Dosenbier an Bord des wie ein Kanu geformten Boots und machte die Leinen los. Judith streifte sich eine Schwimmweste über und schöpfte mit einer Kokosnussschale Wasser von den Schiffsplanken. *Und, bis zum Sinken überladen, / Entfernt sich dieser letzte Kahn*: Der Vers aus Fausts Osterspaziergang ging ihr durch den Kopf, während sie die Strömung durchpflügten und vor einem Pfahlbau zum Stillstand kamen, über dem die grüngelbe Fahne Brasiliens wehte. ORDEM E PROGESSO las Judith und sah zu, wie Abel mit einem Netz voller Bierdosen die Ufertreppe erklomm. Kurz darauf kehrte er mit ihrem Pass im Mund wieder zurück. Ein Patrouillenboot der peruanischen Küstenwache kreuzte in der Strommitte, und Abel warf den Soldaten Bierdosen zu, die sie lachend auffingen. *Les extrêmes se touchent*, schrieb Judith, von Gischt umtost, in ihr Tagebuch: *Grenzwächter und Schmuggler in friedlicher Koexistenz.* Delphine, mit denen sie so tief im Landesinnern nicht gerechnet hatte, gaben dem Motorboot das Geleit, rosa Delphine, die, Kaskaden von Tropfen versprühend, aus dem Wasser aus- und wieder eintauchten – übermütig, wie es schien. Ein Lastkahn kam ihnen entgegen, ein Schlepper genauer gesagt, der ein aus Baumstämmen zusammengefügtes Floß hinter sich her zog, illegal geschlagenes Tropenholz, wie Abel ihr durch den Fahrtwind hindurch zurief.

Er riss das Steuer herum, und das Motorboot tauchte in einen überschwemmten Regenwald ein, dessen Laubdach das Sonnenlicht filterte. Um diese Jahreszeit, erläuterte er, vorsichtig manövrierend zwischen Treibholz und herabhängenden Ästen, die sich zu Pflanzenteppichen und schwimmenden Inseln verdichteten, um diese Jahreszeit stehe der Dschungel meterhoch unter Wasser, und ohne Boot sei das Weiterkommen unmöglich. »Und das auf einer Fläche von der Größe Portugals!« Der Strom floss mäandernd durch die Tiefebene, aber statt seinen Windungen zu folgen, fuhr Abel querfeldein durch den Urwald und brach, um die Fahrrinne zu markieren, grüne Zweige von einem aus dem Wasser ragenden Strauch. – »Gibt es hier Schlangen?«

»Sehr viele! Sie kriechen in die Wipfel der Bäume, und das Hochwasser macht sie aggressiv.«

»Und Piranhas?«

»Ja, aber die tun nichts – außer, wenn sie Blut wittern. Sehen Sie selbst!«

Er schlug mit der flachen Hand aufs Wasser, um Fische anzulocken, wie er sagte, und warf eine mit Köder versehene Angelschnur über Bord, an der Sekunden später ein Piranha zappelte, graurot und handtellergroß, der seine spitz zulaufenden Zähne in Judiths Ehering grub.

17

RESERVA HELICONIA hieß das auf einer Flussinsel gelegene Naturreservat, zweihundert Kilometer tief im brasilianischen Regenwald und nur mit dem Hubschrauber erreichbar oder per Boot. Es gab weder Fernsehen noch Kühlschrank oder Telefon, kein Handynetz, kein kaltes Bier und kein elektrisches Licht außer Taschenlampen, die nach kurzer Zeit ihren Geist aufgaben, Öllampen und Kerzen. Aber es gab Fruchtsaft, Kaffee und Tee, und alles war holzgeschnitzt hier: Stühle und Tische, die Theke, hinter der Abels Mutter Dosmira Reis mit Bohnen kochte oder Spiegeleier briet, und das *Haus der Nachhaltigkeit*, eine Blockhütte, in der Touristen das Überleben im Urwald übten. Judith war der einzige Gast, sie nahm eine Dusche und kroch unter ein mit Insektiziden imprägniertes Moskitonetz, das so giftig roch, dass sie Atembeschwerden bekam. Seit dem Aufbruch von Leticia war ihr übel, sie hatte ein flaues Gefühl im Bauch, das sie auf die Bootsfahrt zurückführte, und fragte sich, ob es richtig gewesen war, die von Capax empfohlene Reise zu buchen. Sie setzte sich auf die zum Wald hin offene Toilette, und ihr Darm, nein ihr ganzer Körper entleerte sich auf einen Schlag. *Montezumas Rache*, dachte Judith. Oder musste es Orellanas Rache heißen? Das letzte Bild, das sie vor sich sah, ehe ihr die Augen zufielen, war eine zwei Meter lange, armdicke Schlange, die sie spöttisch beobachtete, wie ihr schien, bevor sie raschelnd in der Vegetation verschwand.

»Trinken Sie Kräutertee«, sagte Dosmira, »das beseitigt die Übelkeit.« Sie nahm den mit Reis und Bohnen gefüllten Teller vom Tisch, den Judith nicht angerührt hatte, und goss kochendes Wasser in eine mit Blättern gefüllte Teekanne. Schon nach dem ersten Schluck fühlte Judith sich besser. »Es wimmelt von Schlangen hier«, sagte Dosmira, als habe sie Judiths Gedanken erraten, »aber die meisten sind harmlos.« Nur giftgrüne Vipern, die auf Bäumen lebten, seien gefährlich. Judith wollte wissen, was der Name Dosmira bedeute. »Mira dos veces« – schau zweimal hin. Dosmira sprach *portoñol*, ein Gemisch aus Spanisch und Portugiesisch, das leicht zu lernen und noch leichter zu verstehen war. Dosmiras Sohn Abel setzte sich unaufgefordert an ihren Tisch. Er wollte wissen, ob Judith ihn zur Kaimanjagd begleiten wolle. »Wir töten die Tiere nicht, wir beobachten sie nur. Aber ziehen Sie Gummistiefel an!«

18

Der Nachthimmel spiegelte sich im dunklen Strom, auf dem lautlos das Boot dahinglitt, Milchstraße, Orion, Kreuz des Südens: Myriaden von Meteoren, Kometen und Planeten huschten wie Glühwürmchen über das schwarze Wasser, und erst bei genauem Hinsehen bemerkte Judith, dass die Lichtpunkte, die sie für Sterne gehalten hatte, die glühenden Augen von Kaimanen waren, die, vom Lichtschein angelockt, von allen Seiten auf sie zu schwammen. Oder musste es Kaimänner heißen? Abel beugte sich über die Bordwand, stieß einen Warnruf aus und patschte ins Wasser, das hoch aufspritzte. Das Boot schwankte, und er hielt ein Kaimanbaby in der Hand, das verzweifelt mit dem Schwanz um sich schlug, bevor er es in den Fluss zurückwarf. »Das war ein Brillenkaiman, er gehört zur Familie der Alligatoren«, erläuterte er und leuchtete mit der Taschenlampe ins Wasser, aus dem zwei gelbe Augen

Judith anglotzten, während ein Nachtreiher aufflog vom kahlen Wipfel eines abgestorbenen Baumes.

Am nächsten Morgen war Judith in aller Frühe auf den Beinen. Sie hatte schlecht geschlafen und von Motorsägen geträumt, deren Knattern wie MG-Feuer klang, als lieferten Holzfäller aus Peru sich mit kolumbianischen Guerilleros ein Gefecht. Oder waren Holzdiebe und Guerilleros zwei Seiten derselben Angelegenheit? Sie dachte an das geladene Gewehr, das Abel stets bei sich trug – zur Abwehr von Schmugglern, wie er sagte. Judiths Frage nach FARC und ELN hatte er ausweichend beantwortet: Die Guerilleros seien scheuer als Antilopen, man bekomme sie nie zu Gesicht.

Ihre Durchfallerkrankung war noch nicht kuriert, und als Judith auf der Toilette saß, erblickte sie wieder die Schlange, eine gelbbraune Natter, die sie, auf einer Astgabel schaukelnd, von oben herab anschaute, lächelnd, wie ihr schien. Sie war armdick und wohlgenährt, von Küchenabfällen vielleicht, und hatte keine Scheu vor Menschen, denn als Judith aus der Tür trat, glitt sie den Baumstamm hinab und forderte sie mit einer Kopfbewegung auf, ihr zu folgen. Judith wusste nicht, wie ihr geschah, sie war triefnass, Blätter streiften ihre nackte Haut, Blüten verfingen sich in ihrem feuchten Haar, und während die aufgehende Sonne das Laub der Bäume vergoldete, folgte sie der Schlange, die blitzschnell vorwärtsglitt und nur ab und zu innehielt, um auf sie zu warten, züngelnd, mit wiegendem Kopf.

Judith watete durch einen Bach, der die fruchtbare Erdschicht weggespült und den darunter liegenden Sand freigelegt hatte, strauchelte und rutschte eine Böschung hinab, auf der von Sekundärvegetation überwucherter Maniok wuchs – oder war es wilder Mais? Sie fand sich wieder auf einer Lichtung, die aussah, als habe hier vor kurzem ein Kampf stattgefunden. Der Boden war übersät mit Patronenhülsen, zerknautschten Bierbüchsen und Zigarettenstummeln – einer davon qualmte noch. Ringsum ein Gewirr abgeschnittener Äste, achtlos aufeinander gehäuft, und frisch gefällter Urwaldbäume, fertig zum Abtransport – nur die wertvollsten Stämme hatten die Diebe mitgenommen.

Als Judith sich umblickte, war sie allein – die Schlange war verschwunden, als habe der Dschungel sie verschluckt. Sie hob ein eng beschriebenes Ringbuch vom Boden auf: Die Handschrift kam ihr bekannt vor – es war ihre eigene. Den Notizen vorangestellt war ein Motto, Verse, die ihr Ex-Mann vor sich hin gemurmelt hatte, als er starb: »Da unseres Lebens Mitte ich erklommen / befand ich mich in einem dunklen Wald / wo ich vom rechten Wege abgekommen.« Ein tropischer Regenguss hatte die Seiten durchweicht und den Text unleserlich gemacht.

Inhaltsverzeichnis

Der Autor dankt dem Deutschen Literaturfonds für die Förderung der Arbeit am vorliegenden Buch, das wie jeder Roman eine erfundene Geschichte erzählt: Übereinstimmungen mit real existierenden Personen sind daher ausgeschlossen.

FSC
www.fsc.org
MIX
Papier aus verantwortungsvollen Quellen
FSC® C014496

1. Auflage

Herstellung und Umschlaggestaltung: Laura J Gerlach
Umschlagmotiv: Stefan Danielsson, *Baron Samedi, 2004*
Satz: psb, Berlin
Druck und Bindung: GGP Media GmbH, Pößneck
Printed in Germany

ISBN: 978-3-627-00189-6